红 狮

秦天

来自中国，退役于雪豹突击队，后加入红狮军团。由于个人成长经历的原因，他性格孤僻、沉稳，看重朋友之间的友情。

亨特

来自美国，退役于绿色贝雷帽特种部队。他玩世不恭，喜欢开一些无聊的玩笑，个人英雄主义色彩鲜明。

亚历山大

来自俄罗斯，退役于阿尔法特种部队。他身材魁梧，脾气火暴，眼里揉不得沙子，因此常和队友发生冲突。

红狮军团

朱莉

来自法国的女生，曾服役于法国宪兵队。她高傲强势，令众多男性望而生畏。

劳拉

来自德国的女生，出身贵族，为了理想从小进行各种艰苦的训练。她善解人意，散发着人性的光芒。

詹姆斯

曾服役于海豹突击队，后来加入了红狮军团。他是一位冒险主义者，崇尚个人英雄主义。

蓝狼军团

泰勒

来自英国,退役于特别空勤团。他冷酷、凶狠,具备超凡的作战能力,为了金钱加入蓝狼军团。

布鲁克

来自英国,退役于红魔鬼伞兵团。他相貌俊朗,行动敏捷,枪法过人,但生性狂妄,目中无人。

雷特

曾服役于一支邪恶的雇佣兵部队,擅长陆战。他狂妄、傲慢,是一个略显莽撞的家伙。

蓝狼军团

艾丽丝

来自美国,因一次意外被迫从海军陆战队退役,后来加入蓝狼军团。她为金钱而战。

美佳

一个有着许多秘密的人,曾服役于哪支部队无人知晓。她曾经接受过严格的训练,战斗技能出众,尤其擅长忍术。

凯瑟琳

一名优雅的冷血杀手,曾是神秘女子部队的一员。被她锁定的目标,就像接受了死亡女神的审判,几乎无人能生还。

法老的诅咒

八路 著

化学工业出版社

·北京·

图书在版编目(CIP)数据

战狼少年.8,法老的诅咒/八路著. —北京:化学工业出版社,2020.8(2025.2重印)
ISBN 978-7-122-37058-7

Ⅰ.①战… Ⅱ.①八… Ⅲ.①儿童小说-长篇小说-中国-当代 Ⅳ.①I287.45

中国版本图书馆CIP数据核字(2020)第090737号

ZHANLANG SHAONIAN 8 FALAO DE ZUZHOU
战狼少年8 法老的诅咒

责任编辑:隋权玲　　　　　　　　　　装帧设计:尹琳琳
责任校对:宋　夏

出版发行:化学工业出版社(北京市东城区青年湖南街13号　邮政编码100011)
印　　装:涿州市般润文化传播有限公司
880mm×1230mm　1/32　印张7　彩插2
2025年2月北京第1版第5次印刷

购书咨询:010-64518888　　　售后服务:010-64518899
网　　址:http://www.cip.com.cn
凡购买本书,如有缺损质量问题,本社销售中心负责调换。

定　　价:25.00元　　　　　　　　　　　　版权所有　违者必究

目录

- 第一章 现身埃及 1
- 第二章 胡夫金字塔 8
- 第三章 灵异事件 15
- 第四章 神秘的老者 21
- 第五章 死里逃生 28
- 第六章 会动的石像 37
- 第十四章 木乃伊复活 96
- 第十五章 巧遇阿兰 103
- 第十六章 村野老妇 112
- 第十七章 可靠的情报 121
- 第十八章 同行者 130
- 第十九章 寻找入口 137
- 第二十章 陷入危机 144
- 第二十一章 陷入沙海 154
- 第二十九章 一切都结束了 212

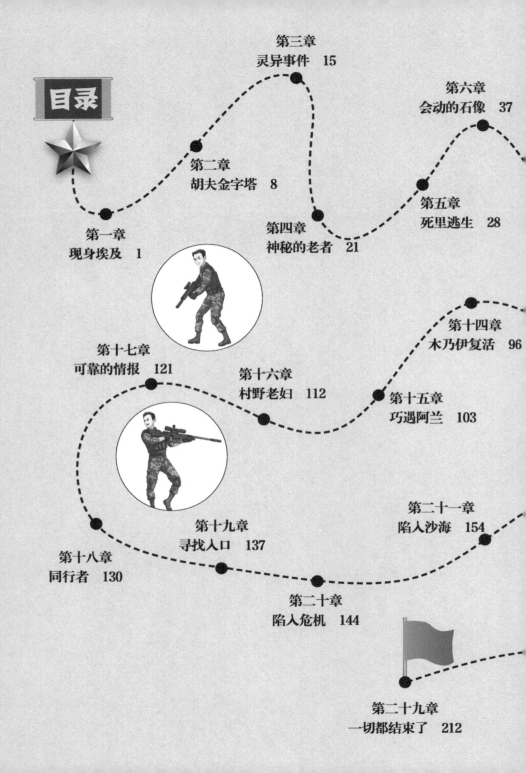

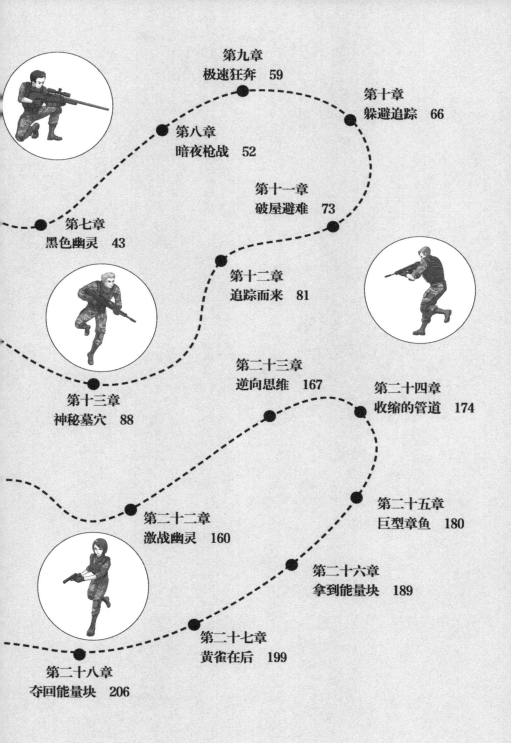

第九章 极速狂奔 59

第十章 躲避追踪 66

第八章 暗夜枪战 52

第十一章 破屋避难 73

第七章 黑色幽灵 43

第十二章 追踪而来 81

第二十三章 逆向思维 167

第二十四章 收缩的管道 174

第十三章 神秘墓穴 88

第二十五章 巨型章鱼 180

第二十二章 激战幽灵 160

第二十六章 拿到能量块 189

第二十七章 黄雀在后 199

第二十八章 夺回能量块 206

第一章

现身埃及

埃及的开罗机场,几个戴着墨镜的人从飞机上走下来。即使在没有阳光的时候,雷特也喜欢戴着墨镜,因为这样可以掩盖他那只被射瞎的眼睛。刚从飞机上走下来,他就开始抱怨:"仅仅凭一个不着边际的传说,就把咱们给发配到这里来,是不是太可笑了?"

"传说并非空穴来风,既然上级派咱们来这里,肯定是经过周密调查了。"布鲁克说。

蓝狼军团拖着行李箱向机场外走去。

一辆黑色商务车停在出站口,车窗玻璃缓慢地落下来,一个肤色略黑、眼睛很大的女生探出头来问:"要狮身人面像吗?"

布鲁克答道:"对不起,我要甜柠檬。"

"你是布鲁克?"

"你是苏珊?"

两个人相视一笑。原来,刚才所言是他们的接头暗号。

"快上车吧!"苏珊打开车门。

蓝狼军团拉开车门,进入这辆气派的商务车。刚刚坐下,泰勒就不满地说:"我还以为负责接待我们的是个男人呢,原来是个黄毛丫头呀!"

"对不起,我的头发是黑色的。"苏珊丝毫没有表现出不悦,"放心,我不会让你们的钱白花,在这片土地上没有我摆不平的事。"

苏珊是蓝狼军团通过国际黑帮组织在埃及雇用的一个导游。说是导游,其实就是为他们在埃及的行动提供各种帮助的人,比如提供武器。

"苏珊,那个关于能量块的传说是真的吗?"艾丽丝问。

"信则有,不信则无。"苏珊笑了笑,"总之,你们并非第一批来这里寻找能量块的人。"

"结果呢?"艾丽丝追问。

苏珊一打方向盘,汽车拐入驶向开罗市区的主干道。"结果,那些人都是一个下场,要么毙命在金字塔中,要么离开之后没多久便离奇地死亡了。"

"你可别吓我!我是被吓大的。哈哈——"雷特竟然发出一阵无知的狂笑。

"哼!你就笑吧,早晚有你哭的那一天。"苏珊踩下油门,加快了车速。

汽车在机场高速公路上疾驰,美佳看着窗外闪过的树木,仿佛穿越到了几千年前。她对有关能量块的传说自始至终坚信不疑。这个传说在古书上早有记载,并被世界上诸多考古学家证实过。

金字塔为世界八大奇迹之一,它是如何被建造而成的至今是个谜。由于金字塔中隐藏着众多的谜团,从而引起了世界上众多顶级科学家的关注。有一种推测引起了格外的关注,那就是金字塔并非人类所建造,而是在几千年前由外星人建造的。

更加不可思议的是这种推断与古书中的记载竟然如出一辙。据传，在四千到五千年前，外星人就已经造访过地球，而他们所选择的着陆场就是尼罗河两岸。那时，在尼罗河两岸已经出现了几十个奴隶制小国，后来经过几百年的战争统一为古埃及王国。

外星人造访地球，被古埃及人看作是从天上而来的神，而国王自称是神的化身，被称为法老。民众以及达官贵人对法老充满了敬畏，甚至以能亲吻到法老的脚而感到荣幸。

外星人来到地球并非只是旅行而已，他们是在寻找可以移居的新家园。但是，当时外星人还不具备大规模移民的运载工具，所以造访地球的只是一些先行者而已。

为了能够实现大规模移民，或者将地球的能量运输到他们的星球，外星人开始在地球上修建飞行器的着陆场。一开始，外星人的飞行器在着陆地球的时候总是出现故障，甚至是坠毁。所以，外星人必须要在着陆场上修建导航塔，而金字塔其实就是外星人建在着陆场上的

导航塔。

外星人的飞行器需要靠磁场信号来导航,所以金字塔的建造位置必须位于地球磁场的关键部位。比如,最大的金字塔——胡夫金字塔所在位置的子午线,正好把地球的陆地与海洋分成相等的两部分。科学家推测,远古时代的埃及人根本没有能力进行如此精确的天文与地理测量。

根据对这些传说和史料的考证,以及现代科学的研究,美佳深信在金字塔中一定隐藏着能量巨大的载体,也就是能量块。外星人利用金字塔发射的磁场信号,使外星飞船准确地降落到地球的着陆场,而要想使磁场信号足以穿透浩瀚的宇宙空间,他们所发射磁场信号的载体必然要具备无与伦比的能量。

能量块的威力令世人争相来到这片神秘的土地,尤其是那些心怀鬼胎者更是想得到它。蓝狼军团之所以来到这里就是要找到能量块,并将其偷走。一旦能量块被蓝狼军团获得,他们将用其制造出超级武器,统治这个世界。

一路上,美佳的脑子里都在回忆着这些资料,竟然没有注意到汽车已经开进开罗市区。

"这里有什么好玩的吗?"艾丽丝问。

"来到这里的人都是冲着金字塔来的,还能有什么好玩的地方?"苏珊说。

"要不是来执行任务,我对那些石头砌成的坟墓根本不感兴趣。"艾丽丝说,"我所说的好玩的地方是指购物的地方。"

"那就去哈利市场。"苏珊说,"那里几乎集中了埃及所有具有特色的商品,是专门针对外国游客开的。"

"那岂不是很贵?"雷特问。

"不怕贵,就怕没意思。"没等苏珊回答,艾丽丝便说。

蓝狼军团不缺钱,但他们的钱都是干坏事赚来的黑心钱。开罗的大门永远是对这些挥霍者敞开的,当然苏珊更高兴,因为她会因此得到一笔额外的酬金。

汽车停在开罗市中心的一家五星级酒店的门口。"酒

店到了,我已经预定好了房间。"苏珊走下车来,帮蓝狼军团将行李从后备厢里拿出来。

布鲁克靠近苏珊,小声地说:"别忘了我们不是来旅游的,明天晚上之前必须弄到我们想要的东西。"

苏珊关闭了后备厢,贴近布鲁克妩媚地一笑:"你放心,一切我都安排好了。"

第二章

胡夫金字塔

第二天一早,苏珊准时开车来到酒店门口。布鲁克拉开车门的第一句话便是:"东西带来了吗?"

苏珊也不说话,指了指车厢里的一个黑色布袋子。凯瑟琳解开布袋,黑洞洞的枪口随即露出来。她取出一支枪在手里掂了掂:"不错,正是我想要的。"

雷特也取出一支枪拿在手里,不过他好像不太满意,撇着嘴说:"这还算不错?明明只是几把微冲和手枪而已,射程近,精度差,难用死了。"

"你懂什么!"凯瑟琳蔑视地扫了雷特一眼,"咱们是要在狭小的空间里作战,那些长枪根本派不上用场,反而会成为累赘。"

"切!就你懂。"雷特像吃了一只苍蝇,既恶心又吐不出来。

为了缓解尴尬的局面,苏珊说:"各位,咱们先去吃早点,然后就出发。"

"开罗有什么特色的早点?我要尝尝!"一提到吃,艾丽丝便兴奋起来。

"我带你们去一个地方,保证你们能吃到从来没吃过的东西。"说着,苏珊驾驶汽车拐进一条小巷。

汽车停在一家小餐馆前,老板热情地与苏珊打招呼,看来他们已经很熟悉了。苏珊用本地话跟老板说了几句,蓝狼军团根本听不懂。不久,他们便见到老板端着一个冒着热气的大碗从厨房走出来。

与其说是碗,不如说是小一号的盆。第一盆放在雷特面前,众人的目光汇聚在这个盆里。盆里的汤是绿色的,上面漂着一层切成粉末状的蔬菜叶,汤里则泡着羊肉和撕成块状的饼,看起来很像中国西安的一种小吃——羊肉泡馍。

"既然第一碗放在我面前,那我就不客气了。"雷特拿起勺子准备吃。

"这个饭店的老板真是好眼光。"凯瑟琳突然冒出这么一句话。

"我也是这样认为的。"今天,这是雷特最爱听的一句话,"老板准是看我人品好,才把第一碗放在我面前。这年头拼的是人品,对不对?"

"老板是开饭店的,自然第一眼就能看出谁是吃货,所以——"

凯瑟琳的话还没说完,雷特便听懂了她的意思。他没想到凯瑟琳竟然是挖了一个坑,等着他跳下去。

后面的几碗也端上来了,为了不让雷特和凯瑟琳吵起来,苏珊赶紧说:"这种汤叫锦葵汤。锦葵是尼罗河两岸常见的一种植物,不仅花很美丽,而且叶子也可以用来做菜。你们快尝尝味道如何。"

已经喝了半碗的雷特说:"好吃,可不可以再来一碗。"

"当然!"苏珊跟老板说了两句,老板又走进了厨房。

这种汤的味道的确很独特,其他人也都很喜欢吃,尤其是汤里的羊肉味道鲜美,在口腔里回味无穷。

其实,苏珊不仅仅是为了带着蓝狼军团来这里品尝特色食物的,她还有其他的目的。

"最近来开罗寻找能量块的人多吗?"苏珊问老板。

老板摇了摇头:"自从法老的诅咒一次次地被验证,很少有人敢贸然去寻找能量块了。"

原来,老板是苏珊的情报员。苏珊除了会给老板带来一些客人,还会付钱给他,收买信息。在开罗,这家锦葵汤小店非常有名,凡是来这里的外国人大多会慕名而来。所以,这家店的老板能得到第一手的信息。

吃过锦葵汤,苏珊和蓝狼军团起身准备去开罗的郊外,那里有一座举世闻名的胡夫金字塔。胡夫金字塔是所有金字塔中最大的,是埃及第四王朝第二个国王胡夫的陵墓。

就在汽车刚要开走的时候,店老板突然追出来。苏珊摇下车窗:"有什么事情吗?"

老板的样子有些紧张:"我忘了提醒你,听说史瑞夫昨天已经动身,去金字塔那边了。"

苏珊皱起了眉头:"他去那边做什么?"

老板摇摇头。

苏珊掏出几张钞票塞给老板:"有什么情况随时通知我。"

汽车朝小巷外开去,坐在车里的蓝狼军团一头雾水。

"史瑞夫是谁?"布鲁克忍不住问。

苏珊答道:"一位疯疯癫癫的玄学家,自称是金字塔的守护者。"

"我看他就是个疯子!"雷特还在回味着锦葵汤的味道。

苏珊严肃地说:"不,史瑞夫绝没有那么简单。据说,他是唯一能够破解法老诅咒的人。每次有人准备潜入金字塔去寻找能量块的时候,史瑞夫都会感知到,从而赶往那里。"

"这样说来,史瑞夫已经感知到咱们要去寻找能量块了?"泰勒一脸疑问。

"也许吧!"苏珊已经将汽车开到通往郊区的大道上,

"但愿史瑞夫不会跟咱们作对,否则麻烦就大了。"

一向目中无人的蓝狼军团很少会畏惧谁,但听苏珊这么一说,他们的心里还真像十五个吊桶打水——七上八下。

一路无话,当胡夫金字塔出现在蓝狼军团面前的时候,他们都惊呆了。虽然经过几千年的风化,胡夫金字塔的顶端剥落了不少,但它仍有146.5米高,三角面呈52°的斜坡,由230万块石头砌成,平均每块石头重2.5吨。

苏珊介绍说:"建造金字塔的石料要用六十万节车皮,如果把这些石头凿碎,铺成一条一尺宽的道路,大约可以绕地球一周。"

"真是太不可思议了!几千年前又没有大型的机械,也没有运输车,这些石头是如何运来的呢?"艾丽丝越来越好奇了。

"关于石头是如何开采和运来的有很多种说法。"苏珊说,"大多数学者认为在四千年前,埃及人用青铜的凿子在岩石上打眼,然后插进木楔灌上水,当木楔子被水

泡胀时，岩石便被胀裂了。"

"古埃及人真是聪明，竟然在没有炸药的情况下，想到了如此绝妙的办法。"布鲁克赞叹道。

"那石头开采下来后，又是如何被运来的呢？"艾丽丝追问。

苏珊继续说："考古学家认为，这些重达几吨的石头之所以能被运到这里来，多亏了当地产的一种很特别的黏土。这种黏土被铺到路上，然后洒水，沉重的石头就可以在上面滑行了。在不适宜洒水的地方，工匠们就在路面上铺圆木，让巨石在圆木上滚动前进。"

对于苏珊所说的，美佳并不相信。她始终认为，在当时仅仅靠原始的人力是无法完成这一壮举的，唯一能解释通的原因就是外星人完成了金字塔的建造。

美佳走到胡夫金字塔边，用手触摸着巨大的石头，仿佛感觉到一股神秘的力量在入侵到她的体内。

第三章 灵异事件

触摸着胡夫金字塔，美佳莫名其妙地感觉到一股寒气袭入体内，身不由己地打了一个寒战。抬头看去，红日已经转到十点钟方向，此时的气温绝不低于二十摄氏度。

"真是太怪了！"美佳自言自语。她仔细地观察着金字塔的表面，发现塔身的石块之间竟然没有任何水泥之类的黏合物，而是一块石头叠在另一块石头上面，依次垒上去的。

这种建造技术简直是巧夺天工，即使在现在建造这样宏伟的建筑，石块之间都需要用水泥或黏土来黏合。美佳在来埃及之前，曾对古建筑进行过研究，她发现在古城墙类建筑中，有些国家用糯米糊来做黏合剂，将石块黏合起来。今天，她看到了金字塔，更加深信自己的判断了，那就是金字塔绝非建自古埃及人之手。

既然没有黏合物,那么石块是如何天衣无缝地叠加在一起的呢?美佳更加仔细地观察着,她发现每块石头都磨得很平,就算经历了数千年的风雨,人们也很难将锋利的刀刃插入石块之间的缝隙。

"奇迹,这简直是奇迹!"美佳不停地赞叹道。

"美佳,咱们走了。"布鲁克喊道。

美佳的手试图离开金字塔的石壁,但似乎有人在拉着她的手,不肯让她离开。美佳的汗毛竖立起来,浑身上下起满鸡皮疙瘩。她用了好大的力气,手才从石壁上脱离。在美佳的手和石壁之间是透明的空气,看不出任何异常。美佳使劲地摇摇头,自言自语:"也许是我太紧张了,这一切都是幻觉。"

"美佳,你还愣在那儿干什么?"雷特已经等得不耐烦了。

这个独眼龙总是让人生厌,美佳心里这样想着,朝他们走过去。"要去哪儿?"她问道。

"当然是去金字塔的里面了。"布鲁克说,"能量块肯

定不会藏在外面。"

苏珊已经来过这里不知道多少次了,她对胡夫金字塔的布局熟记于心,所以只要跟着她走就行了。

苏珊引导大家朝金字塔的北侧绕去,在那里他们看到在距离地面十多米高的位置,有一个用四块巨石砌成的三角形出入口。此时,正是胡夫金字塔对游客开放的时间。按照埃及旅游部门的规定,胡夫金字塔只在每天上午和下午各开放两个小时,每次只能进入三百人。

蓝狼军团和苏珊一起随着游客向入口处走去。当走到入口时,苏珊说:"这个三角形的入口设计得异常巧妙,因为如果不是三角形而是四边形,那么一百多米高的金字塔所形成的巨大压力就会把这个入口压塌。但是,用了三角形的设计以后,巨大的压力就被巧妙地分散开来。你们想想这可是几千年前古埃及人的智慧呀,简直太不可思议了。"

"所以说金字塔不可能是古埃及人建造的,而是外星人。"美佳小声地说。

"但愿吧!"凯瑟琳跟着说,"如果是古埃及人建造

的，那么能量块也就是空穴来风了。"

进入金字塔内部，蓝狼军团和苏珊脱离了游客，开始对其内部结构进行侦察。今天，他们进入胡夫金字塔的目的并不是要找到能量块，而是探路。

金字塔内部的墓室由石壁墓道连接起来，沿着石壁墓道向前走，一股灵异的气息包裹着他们。美佳总觉得石壁上有无数双眼睛在盯着她，那一双双眼睛深邃空灵，眨也不眨一下。

"你们有没有看到石壁上的眼睛？"美佳的心跳在加速。

"哪儿有眼睛？你被吓晕了吧！"雷特嘲笑地说。

"你们听！"凯瑟琳示意大家安静，"好像有人在耳边说话。"

石壁墓道里静下来，大家竖起耳朵仔细聆听。还是令人厌恶的雷特打破了沉寂："哪有人说话，只不过是后面的游客传来的嘈杂声而已。我看你们的胆量未免太小了吧！"

此时，其他的游客被他们甩在身后很远的墓道里。

虽然身后游客的声音传到了这里,但凯瑟琳所听到的声音绝非是游客的嘈杂声。她继续竖耳聆听,这次声音变得更加清晰了。

"任何不怀好意的闯入者,都会死无葬身之地。"那是一个颤抖的、苍老的声音,就像垂死的人在发出最后的忠告。

"你们听到没有?"凯瑟琳声音颤抖地问。

其他人齐刷刷地摇头,看来只有她一个人听到了亡者的忠告。

"咱们继续往前走吧!"布鲁克也很紧张,他深深地吸了一口气,看着手中的仪器,"这里没有探测到能量信号。"布鲁克的手中拿着一个能够探测能量源的仪器,这是他们用来寻找能量块的法宝。

在通往胡夫墓室的石壁墓道中,出现了一条狭窄的岔路。布鲁克转身准备拐进岔路,却被苏珊阻止了:"这条路不能走。"

"为什么?"

苏珊的表情凝重："这条狭窄的通道是通往王后墓室的。这一墓室几千年来都未曾使用过，曾经有盗墓者试图进入但都是有进无出。"

"你越是这样说，我倒是越觉得王后墓室非去不可了。"布鲁克分析道，"其他的地方都已经被数不清的人造访过，根本没有什么秘密可言了。"

"即便要去，也不能现在去。"苏珊还是拦住布鲁克，"现在去会被人发现，反而会偷鸡不成蚀把米。"

"说的也是，那咱们还是先去国王墓室看看吧！"布鲁克在苏珊的劝说下改变了主意。

通往国王墓室的墓道一路畅通，凯瑟琳没有再听到耳边响起的忠告，石壁上的眼睛也没有再出现。一切仿佛回归到了正常状态，直到他们进入国王胡夫的墓室。

布鲁克手中的能量探测器不停地闪烁起来，他兴奋地说："看来是来对地方了。"他手持能量探测器向前走，越靠近国王胡夫的石棺，能量信号越强。

难道能量块会在胡夫的石棺里吗？

第四章 神秘的老者

人死了,可是尸体却保存了几千年。如果是现在,这并不是什么难事,因为只要将尸体泡进福尔马林溶液中便可以了。可是,在几千年前还没有这种化学药水,而古埃及人是如何将法老的尸体保存下来制成木乃伊的呢?

据说,这是因为金字塔中的某种神秘能量。这种神秘的奇异能量能够使尸体迅速脱水,加速尸体的"木乃伊化",等待着有朝一日能够复活。古埃及的国王之所以要把自己的尸体存于金字塔中,其目的也就在于此。

这种神秘的能量绝非道听途说,而是经过了科学家的验证。有人将一枚锈迹斑斑的金币放入金字塔,不久它就会变回金光灿灿的模样;假如把一杯鲜牛奶放进金字塔,二十四小时取出后仍然鲜美清新;如果你头痛、牙痛,那么进入金字塔一个小时后,就会消肿止痛,如

释重负；同样，如果你疲惫不堪，进入金字塔后也会变得精神焕发。

美佳早就研究过有关金字塔中神秘能量的资料，因此她特意带来了一样东西进行验证。美佳的口袋里藏着一把锈迹斑斑、刀刃很钝的匕首。在走入胡夫金字塔后，美佳悄悄地掏出匕首，顿时目瞪口呆。

原本锈钝的匕首已经变得寒光闪烁锋利无比了。美佳的手指只是在刀刃上轻轻地划了一下，鲜血便涌了出来。血滴在墓穴的石板上迅速被吸干，竟然没有留下一点痕迹。看着眼前发生的一切，美佳不由得倒退了几步，心中顿生恐惧。

"你踩到我的脚了。"泰勒推了美佳一把，"别人都在往前走，你怎么倒退呢，是不是害怕了？"

美佳深吸了一口气，情绪好不容易才稳定下来。此时，布鲁克已经手持能量探测器来到石棺前。墓穴内光线昏暗，探测器的表盘上发出刺眼的蓝光，闪烁的频率越来越高。

　　布鲁克紧紧地盯着石棺，小心谨慎地向其靠近，期待着奇迹的发生。距离石棺越近，布鲁克的神经绷得越紧，他似乎感觉到有一只无形的手在朝自己的脖子伸来。

　　石棺的盖子是打开的，布鲁克猜测里面一定躺着那位死去的国王——胡夫。木乃伊的样子，他曾无数次在电视上和网络上看见过，可是当他马上就要见到庐山真面目的时候，还是会莫名地心慌。

　　再向前一步，布鲁克就可以看到石棺里的木乃伊了。他停住脚步，探着身子向石棺里望去。由于光线昏暗，石棺里到底有什么他看得并不清楚，只是模模糊糊地看到有一个人体模样的东西躺在里面，一动不动。当然，凡是正常的人都会认为那是木乃伊，布鲁克也是如此。

　　布鲁克的胆子慢慢地大起来，头慢慢地靠近石棺，想把里面的情况看得更清楚。说不定，他会在石棺里有重大的发现。就在布鲁克的头低得快到达石棺的开口处时，他发现躺在石棺里的尸体好像动了一下。

　　布鲁克被吓得直起腰来，面无血色，战战兢兢地

说:"木乃伊在动!"

"哈哈,你别开玩笑了。我看你是被吓得出现幻觉了。"泰勒挤到最前面,"还是让我来吧!"

泰勒的胆子很大,竟然把手伸进石棺里去摸木乃伊。当他的手触摸到石棺里的东西时,立刻感觉到不对劲。古埃及国王的尸体经过几千年的风干,早就已经变成了干尸,而他摸到的东西软软的,好像穿着衣服,并且还有温度。

惊恐写在了泰勒的脸上,他想把手从石棺里拿出来,但是却感觉到一双大手已经紧紧地抓住了自己的手。

"啊!"泰勒发出了恐惧的喊声,使劲往外拽自己的手。

其他人虽然不知道发生了什么,但通过泰勒的表现也变得惊慌起来。布鲁克赶紧抓住泰勒的手,帮他一起向外拉。更加令人毛骨悚然的事情发生了,随着泰勒的手被拉出来,石棺里还被拖出了一双苍老的手。这双手的皮肤开裂,就像粗糙的老树皮,根本看不出任何生机。

"任何不怀好意的闯入者，都会死无葬身之地。"石棺里传出幽灵般的声音。

凯瑟琳立刻想起了自己在石壁墓道里听到的神秘声音，竟然和石棺里传出的声音完全相同。她几乎精神崩溃，毫不犹豫地掏出手枪，准备朝石棺里开枪。

"别开枪！"苏珊拦住凯瑟琳。

一位老者从石棺中站起来，没人能看出他是来自阴间还是人间，因为他就像一具活死尸。老者松开泰勒，然后迈腿从石棺里走出来。

蓝狼军团不约而同地向后退了几步，而老者则向前逼近了几步。他目光如炬，看得蓝狼军团心里直发毛。

"你……你是什么人？"布鲁克结结巴巴地问。

"任何不怀好意的闯入者，都会死无葬身之地。"老者并不回答布鲁克的问题，而是再次重复那句话。

"少废话，谁敢拦着我们，谁就是我们的敌人。"雷特不管这一套，一个箭步冲上来，挥拳就朝老者打去。

老者并不躲闪，像个复读机一样，仍在重复着那句

话:"任何不怀好意的闯入者,都会死无葬身之地。"

就在雷特的拳头即将打到老人的脸上时,一只手突然挡在雷特的拳头前。

"你真是放肆!"是苏珊拦住了雷特。

"你为什么拦住我?"雷特怒视着苏珊。

苏珊不理雷特,只是很虔诚地向老者鞠躬,非常有礼貌地说:"史瑞夫,对不起,请您原谅我们吧!"

蓝狼军团这才知道,面前的老者就是那位传说中的史瑞夫。

雷特想,史瑞夫不就是一位精通巫术的老骗子吗?苏珊为什么这样怕他?

史瑞夫看着苏珊,叽里呱啦地说起了蓝狼军团根本听不懂的话。他们只见到苏珊弯着腰不停地点头,就像小学生在接受老师的训斥。

史瑞夫终于不说话了,苏珊也直起了腰。她对蓝狼军团说:"走!咱们马上离开这里。"

"为什么?就凭他给你叽里呱啦地说了几句鸟语,我

们就要离开吗?"雷特瞪着那只独眼。

苏珊厌恶地看着雷特:"如果你还想活命的话,就马上跟我离开。"说完,苏珊转身就走。

"你可是我们花钱雇的,怎么比我们还牛气。"雷特指着苏珊的背影喊道。

布鲁克的心里忐忑不安,不知道接下来会发生什么事情,于是对其他人说:"咱们先离开,一切从长计议。"

无奈,蓝狼军团跟在苏珊的身后,朝金字塔外走去。

第五章

死里逃生

走出胡夫金字塔,布鲁克迫不及待地问:"苏珊,那个人为什么会躺在胡夫的石棺里?"

"我怎么知道他为什么会躺在那里!"苏珊的情绪有些激动,"他是史瑞夫,金字塔的守护者。我不是早就跟你们说过这个人了吗?"

"难道他已经料到了我们要来这里?"美佳皱着眉头,"金字塔里有太多不能解释的怪事了。我想这一切都跟它的来历有关。"

蓝狼军团和苏珊已经来到停车场。苏珊打开车门,准备开车离开此地。

很显然,蓝狼军团很不情愿,尤其是雷特。他质问苏珊:"难道咱们就这样稀里糊涂地走了?"

"今天就到此为止吧!我有一种不祥的预感。"苏珊

坐进汽车里。

雷特站在车门外,轻蔑地看着苏珊:"我看你是被那个装神弄鬼的老头吓坏了吧!"

苏珊并没有改变主意,她已经发动汽车。"没错,我是怕史瑞夫。你们之所以不怕他,是因为还不了解他的底细。"

布鲁克也在犹豫,他见苏珊铁了心要走,便带头坐进车里。无奈,其他人也跟着上了车。苏珊将车开出金字塔旅游区的停车场,径直朝来时的路开去。

"你倒是跟我们说说史瑞夫是什么底细?"布鲁克想了解更多。

苏珊沉默了片刻:"这个老头已经一百多岁了,没有人知道他居住在哪里,但是每当金字塔中出现不速之客,企图盗取里面的文物或者进行破坏的时候,他都会奇迹般地出现,无论是白天还是黑夜。因此,在埃及,人们都称史瑞夫为金字塔的守护者。"

"即便如此,这个老头也没什么可怕的。"雷特嚷嚷

着,"你要是不拦着我,刚才我已经一枪把他毙了。"

"你以为你能杀得了他吗?"苏珊冷冷地说,"凡是企图杀死他的人不但没有一个人能成功,反而会受到诅咒而死于非命。另外,我之所以不让你开枪,还因为史瑞夫是唯一能破解法老诅咒的人,也许哪天我们会需要他的帮助。"

蓝狼军团听了苏珊的话,大多数半信半疑,唯独美佳对此深信不疑。她始终认为金字塔是外星人所建造的,而当初外星人为了能长久地保留金字塔,必然会在地球上留下守护者。至于守护者是什么人,美佳推测守护者可能是外星人与地球人的后裔,所以这种人具备了外星人的某种特质,能看懂金字塔那些奇形怪状的符号,读懂法老的诅咒。

美佳正想着,突然她的头猛地撞到汽车玻璃上。"快,快向右!"美佳听到了布鲁克的大喊声。汽车在急速状态下向右躲闪,迎面而来的一辆大货车与之擦肩而过。车上的人被晃得东倒西歪,幸亏系了安全带,否则

非被甩出去不可。

这到底是怎么回事?从后视镜里,苏珊看到那辆迎面撞来的大货车继续高速向前行驶着。

"命差点儿就没了,看来那诅咒是真的。"苏珊吓出一身冷汗。

"你被吓傻了吧?刚才只是那辆大货车失控了而已。"雷特就是不信天底下会有什么诅咒。

正说着,苏珊突然感觉到汽车的方向盘失去了控制,无论她向左还是向右转动,车轮都始终朝着一个方向跑。苏珊惊慌失措,赶紧松开油门,去踩刹车。刹车被一脚踩到底,但是汽车的速度并没有放缓,很显然刹车也失灵了。

"诅咒,一定是诅咒起作用了。"苏珊手忙脚乱,不知道该做什么了。

"快降挡,把汽车的挡位降低。"布鲁克大喊。

苏珊慌乱地去抓汽车的操作杆,直接将挡位降到一挡,按照常理汽车在降挡后,由于齿轮的变化会迅速降低

速度。但是,这辆汽车却没有,它仍在保持着高速行驶。

就在此时,迎面驶来一辆装满石料的运输车。虽然方向盘已经失灵,但苏珊还在不停地转着方向盘,希望它能恢复正常。眼看着汽车朝迎面而来的运输车撞过去,车上的人吓得都把头低下来,双手抱住脑袋,等待着两车相撞的时刻。

运输车的司机见一辆商务车朝自己驾驶的车撞过来,赶紧猛打方向盘进行规避。苏珊清楚地看到,她驾驶的汽车侧面蹭着运输车开了过去。运输车由于急速规避,车尾猛地一甩打到了苏珊驾驶的汽车。

苏珊驾驶的汽车像玩具一样,差点被甩翻。紧接着,运输车上的一块大石头滚落下来,砸在了苏珊驾驶的汽车的机头盖上。机头盖被砸出一个大坑,飞溅的碎石将前挡风玻璃砸出无数条呈蜘蛛网状向外扩散的裂痕。

汽车像中了魔咒一般,完全不受苏珊的控制。苏珊惊恐地大叫,好像在她的旁边坐着一个隐形人,正代替她在驾驶着这辆汽车。前面出现了一个弯道,而汽车却

没有丝毫减速,照此速度转弯的话,汽车必翻无疑。

车上的人都发出惊恐的叫声,苏珊已经不再试图去控制汽车了,而是双手死死地抱住头部,以防在翻车时头颅受伤。汽车果然在弯道处尾巴一甩,车身侧翻过来,并连续进行翻滚。即使被安全带保护着,车里的人仍然感觉到了强烈的撞击,一阵天旋地转之后便失去了知觉。

也不知道过了多久,当凯瑟琳睁开眼睛的时候,发现自己正头朝下倒挂着。她感觉到浑身上下每一个部位都在疼。

"都醒醒,醒醒!"凯瑟琳一边喊着,一边松开安全带,挣扎着从已经破碎的车窗里爬出来。

爬出车外,凯瑟琳看到汽车正四轮朝上,仰面朝天地躺在距离公路二十几米远的沙地上。她顾不得身上的伤,一边大喊着,一边把车里的人往外拖。泰勒是第二个苏醒的人,他在凯瑟琳的帮助下从车里爬出来。之后,泰勒擦了擦鼻血和凯瑟琳一起展开了营救。

不久,所有人都被从车里救出来。不可思议的是,

尽管汽车已经面目全非了,但每个人只是受了并不严重的外伤而已。

"看来法老的诅咒是真的,这次他只是想给我们一点教训而已,否则咱们早就走在去往黄泉的路上了。"艾丽丝心有余悸地说。

法老的诅咒到底是不是真的?暂且放下这个悬念吧,因为不管真假,蓝狼军团都要离开这里。他们在路上拦住一辆旅游巴士,搭乘巴士回到了开罗的酒店。

蓝狼军团当然不会就此罢手,今天发生的这些离奇的怪事,反而让他们更加坚信了金字塔中隐藏着能量块的传说。

"我明明已经探测到了巨大的能量源。"布鲁克回忆着在胡夫墓室里的情况,"能量探测器显示能量源就在法老的石棺里。"

"可是,石棺里既没有看到能量块,也没有木乃伊,只是躺着史瑞夫这个老家伙而已。"泰勒说。

美佳皱着眉:"你以为能量块会放在这么明显的位置

吗？那样，岂不是早就被人盗走了。"

"说的也是！"泰勒点着头，"能量块到底会被藏在哪里呢？"

坐在宾馆里想是没有用的，休息了一天之后，布鲁克决定在第二天的晚上夜探金字塔。这次行动，他们并没有叫上苏珊，只是租了一辆面包车便悄悄地出发了。

第六章 会动的石像

胡夫金字塔在夜幕中显得更加神秘,关闭的门并不能挡住蓝狼军团,因为开门撬锁是他们最擅长的技能之一。再次进入胡夫金字塔,蓝狼军团已经熟悉了路线,径直朝国王的墓室走去。

"如果那个叫史瑞夫的老头再次出现,我绝对会毫不犹豫地开枪打死他。"雷特将手枪的保险打开,准备随时击发。

国王的墓室漆黑一片,阴森森的潮冷空气包裹着蓝狼军团,令人毛发竖立,有一种进入了阴间的感觉。手电筒的光柱照射到位于墓室中央的石棺上,布鲁克手中的能量探测器不停地闪着蓝光。

清晰的脚步声在墓室里回荡,布鲁克走到石棺旁边。他的心跳不自觉地加速,生怕石棺里再次冒出一个人来。当手电筒的光线照入石棺内部后,布鲁克悬着的心才从

嗓子眼咽了回去。石棺里空荡荡的，不仅没有人，也没有木乃伊或者其他任何东西。

"能量块呢？"泰勒问。

美佳说："我不是早就推断过吗？能量块不可能放在石棺里。"

布鲁克手中的能量探测器闪烁得更加强烈了。这说明在石棺附近肯定隐藏着巨大的能量源。

"大家快分头寻找，这座墓室中肯定另有玄机。"布鲁克命令道。

蓝狼军团分头在国王的墓室中搜索。艾丽丝走到一尊石像前，看样子这尊石像应该是国王的陪葬品。她企图将石像搬起来，却发现石像的底座是固定在石板上的。奇怪的事情就在此时发生了，当艾丽丝的手想松开石像的时候，却感觉到了一股强大的吸引力，就像有人在拽着她的手，不让她离开石像一样。从脚指头到发梢，恐惧感席卷全身，艾丽丝使出浑身的力气想摆脱石像的吸引力，但是她就像被绑在了石像上一样，根本没有反抗的能力。

"快来救我!"艾丽丝惊恐地喊。

美佳就在艾丽丝的附近,她一个箭步冲了过来。她想,既然石像有如此大的束缚力,说不定能量块就藏在这尊石像里。这绝非毫无科学根据的推断,因为只要有一些物理常识的人都知道,能量和磁场是相对应的,能量越大所产生的磁场也就越大。一个小小的石像既然能发出如此强大的磁场,那就说明其中必然隐藏着巨大的能量。

想到这里,美佳抱起地上的一块方形巨石朝石像砸去。这块方形的石头和建造金字塔的石料一模一样,是建造金字塔的剩余材料,几千年来便一直放在金字塔中。

石头砸到石像的瞬间,美佳便听到了石像被砸碎的声音,这声音清晰地说明石像是空心的。在石像破碎的瞬间,艾丽丝感觉到那股强大的束缚力消失了。由于她一直在向后用力,所以身体随之向后倒去,狠狠地摔在地上。

美佳将手电筒的光线照向被打碎的石像,想寻找传说中的能量块。石像散碎了一地,并未发现有什么特别的东西。美佳不死心,蹲在地上仔细地观察。她捡起一

块碎片，奇怪的事情发生了，碎片竟然从她的手中挣脱出来，落在了地上。

此时，艾丽丝已经从地上站起来。她惊恐地看着满地的碎片，因为那些碎片正在地上剧烈地抖动，好像具有生命力一样。美佳也吓得站起身来，向后倒退。

更加不可思议的事情发生了，那些散落在地上的碎片竟然快速地聚拢，重新组合成一尊石像。所有的人都惊呆了，他们向后倒退，用手电筒的光线照射着石像。

石像虽然重新组合到了一起，但是道道裂痕却还清晰可见。雷特举起手枪便朝石像开了火。子弹击中石像，溅起火星，但石像却毫发无损。相反，它由一米来高迅速增长到了两米来高，然后迈开步子朝蓝狼军团走来。

蓝狼军团被吓得步步后退，纷纷举起枪朝石像开火。石像挥舞着手臂将子弹挡开，继续向蓝狼军团靠近。它的脚步重达千斤，每一步踏在地上都令地面剧烈地颤动。

"快跑！"布鲁克大喊了一声，转身就跑。他知道如果再不跑，自己就要被石像一脚踩在脚下了。

蓝狼军团转身逃跑。石像向前伸出手臂,直奔最后面的雷特。石像的手臂竟然可以向前伸展,一把将雷特的两条腿牢牢地抓住。然后,石像的手臂向回收缩,将雷特大头朝下提了起来。

"救命!快救我!"雷特惊恐地大喊。

布鲁克停住脚步转身看去,见雷特被石像提着倒挂在空中。一时间,他也不知道该如何是好了。子弹对石像根本构不成任何威胁,说不定还会误伤到雷特。

出乎意料的是,美佳竟然冲到石像面前,朝它大吼道:"我命令你马上放下雷特。否则,我就对你不客气了。"

其他人都惊呆了,他们想美佳是疯了吗?难道一尊中了魔咒的石像会听她的命令?就连石像都觉得美佳可笑,它不但没有放下雷特,反而将雷特高高地举起,准备朝石壁上丢去。雷特的脑袋再硬,要是被石像狠狠地砸到石壁上,也会像西瓜遇到拳头,顿时变成稀巴烂。

"救命!啊——救命呀!"雷特惊恐地喊。

美佳怒视着石像,伸出右手,掌心对准石像,口中

念念有词。只见，美佳的手掌冒出一道红光，石像被红光照射之后霎时间便静止不动了。雷特就这样被高高地举在石像的头顶上。他早就吓得闭上眼睛，根本不知道石像已经不动了，所以还在声嘶力竭地喊着救命。

"喂，喂！"美佳喊了两声，"别喊了！"

雷特睁开眼睛，见自己还被石像举着，但石像却一动不动了。雷特又看了看地面上站着的人，他们正用不可思议的眼神看着石像。他这才明白过来，石像已经被控制住，自己得救了。死里逃生的雷特从石像的手中挣脱出来，跳落到地面上。

"你牛呀！怎么不动了？"雷特神气起来，抬起脚朝石像踹去。

"别乱动！"美佳阻止了雷特，"咱们快离开这里，它随时有可能复活。"

一听说石像还可能复活，雷特吓得倒退几步，躲到了美佳的身后。看来，这次他是被吓怕了。现在，大家最好奇的是美佳是如何制服石像的。

第七章

黑色幽灵

"美佳,你刚才是怎么制服石像的?"艾丽丝好奇地问。

美佳摊开掌心,上面画着一个十字架的符号,刚才那道红光就是这个符号发出的。雷特赶紧咬破自己的手指,在手心上也画了一个十字架。他把这个符号当成了救命稻草。

"你画了这个符号也没有用。"美佳说,"我手心上的符号被施了咒语。"

"那你不早说,害得我咬破了手指头。"雷特后悔莫及。

美佳冷冷地一笑:"我倒是想说,可你的动作太快,我也阻止不了呀!"

"你手上的符号是谁给它施的咒语呢?"艾丽丝追问。

美佳对此闭口不提,只是说:"咱们快离开这里吧!我只会一些最简单的咒语,威力远远不够,说不定这尊石像很快就会苏醒了。"

一听这话,雷特便嚷嚷着赶快离开。他这是一朝被蛇咬,十年怕井绳。

凯瑟琳不死心,对布鲁克说:"咱们既然来了,就不能这么轻易离开。再说了,能量探测器明明探测到了巨大的能量源,也许离成功只是一步之遥。"

布鲁克同样不死心。"我看石像也没那么厉害。现在,它不是已经被镇住了吗?咱们还是继续寻找能量块吧!"布鲁克终于做出了决定。

"你没搞错吧?"一向天不怕地不怕的雷特,今天却害怕了,"那个史瑞夫说的都是真的,法老的咒语不会放过咱们的。"

"来的时候,你不是说要亲手毙了那个史瑞夫吗?"凯瑟琳嘲笑道,"现在怎么又相信他的话了?"

雷特见其他人不听自己的劝告,只好留了下来。不

过,他始终跟在美佳的身后,因为雷特认为只有美佳能够对付墓室里的魔咒。

说到美佳掌心的十字符号和她念念有词的咒语,绝对是一个秘密。别忘了美佳的出身,她曾经是一个神秘组织的成员。这个组织擅长各种歪门邪道,其成员都是组织收养的孤儿。这个组织的成员被长者传授给各种旁门左道,比如美佳擅长的隐身术,还有今天小试牛刀的巫术咒语。对于这些美佳一直避而不谈,因为她是一位工于心计的人,绝不会让别人把自己看得一清二楚。

布鲁克手中的能量探测器仍在快速地闪着蓝光,他在探测器的指引下来到墓室的一角。手电筒的光线照射过去之后,布鲁克发现了一个放在地上的石盒子。在法老的墓室里,似乎所见之物都是用石头制作而成的。

法老的死去对很多人来说是一场灾难,因为他的妻妾和很多身边的人都要成为陪葬品。据说,金字塔中充满了这些陪葬者的怨气,而怨气则汇集成了冤魂,飘荡在金字塔中。

　　古代就有一些盗墓者进入过金字塔，盗走了这里的陪葬珠宝，但大多数人都死在了金字塔里。后来，科学家研究这些死者的遗骸，发现他们的死因相同，那就是全部是离奇地窒息而亡。

　　看着眼前的石头盒子，布鲁克的脑海中闪现着曾经看到过的资料，不禁对这个盒子产生了畏惧。在这个盒子里会藏有冤魂吗？

　　布鲁克手中的能量探测器告诉他，盒子里有一个强大的能量源。

　　布鲁克无法抗拒自己的好奇心，伸手去摸这个石头盒子。冰凉的，这是布鲁克的手触到盒子后的第一感觉。盒子不大，布鲁克一只手便可以将盖子拿起来。他小心翼翼地提起盖子，仿佛怕惊动了安息在盒子里的幽灵。

　　盖子被打开，手电筒的光线照进盒子里。出乎布鲁克的意料，这个盒子里空无一物。不，确切地说，里面还是有东西的。布鲁克看到在盒子的底部铺着一层粉末状的东西。这是什么东西呢？莫非探测器探测到的强大

能量是这些粉末状的物体发射出来的？

带着疑问，布鲁克伸手去摸盒子底部的粉末。手触摸到粉末的感觉很特别，就像摸到了柴草烧尽后的灰土。突然，布鲁克有一种不祥的预感，莫非这些粉末是骨灰？

布鲁克摸到的粉末的确是殉葬者的骨灰。他马上意识到，这个石盒子其实是一个骨灰盒。想到这里，布鲁克的手像触到了电门一样，马上缩了回来。

怪异的事情就在此时发生了。石头盒子里突然飘出一股刺鼻的气味，布鲁克立刻感觉到头昏脑涨，差点栽倒在地。他是一位实战经验丰富的老手，立即向后倒退几步，从挎包里掏出防毒面具戴在头上。

其他人也麻利地掏出防毒面具，将面部紧紧地护住。防毒面具将空气中飘荡的毒气过滤掉，布鲁克感觉到头脑清醒了很多。

布鲁克的目光始终没有离开那个石盒子，确切地说是骨灰盒。他看到骨灰盒里向外冒出一股股黑色的烟雾，那刺鼻的气味一定来源于此。

布鲁克想,莫非是骨灰被密封在盒子里,经过千百年的腐化,变成了有毒的气体?

这一分析似乎合情合理,因为人是有机体,就像动物的尸体一样,在腐化后会变成石油,还能生成可燃的气体。如此说来,那个骨灰盒里的东西就没有什么可怕的了。想到这里,布鲁克再次靠近骨灰盒,因为能量探测器显示那个位置的能量源最强大。

布鲁克再次靠近骨灰盒的时候,能量探测器像中了魔咒一般疯狂地闪烁起来。布鲁克心潮澎湃,他判断他们苦苦寻找的能量块就在附近了。

正当布鲁克欣喜若狂之时,突然,从骨灰盒里飘出的黑色烟雾变成了一个幽灵。它伸出若隐若现的黑色魔爪,朝着布鲁克的脖子掐来。布鲁克被吓得魂不附体,急忙躲闪。

幽灵从骨灰盒里彻底飘出来,追赶着布鲁克。能量探测器疯狂地闪烁,警报声不停地响着。此时,布鲁克才恍然大悟,原来能量探测器探测到的巨大能量源是这

个幽灵。

幽灵面目可憎，浑身散发着令人作呕的臭气。它紧紧地追赶着布鲁克，张开的大口想要一口将布鲁克吞下。布鲁克慌不择路，一头撞到雷特的身上。雷特早已是惊弓之鸟，赶紧躲到美佳的身后寻求庇护。

幽灵一把抓住布鲁克，它的手瞬间变成了一只螃蟹爪，要将布鲁克的胳膊剪断。布鲁克挥起匕首去砍幽灵的胳膊，匕首朝幽灵的胳膊砍过去，就像从空气中划过一样，没有对幽灵造成任何伤害。

"啊——"

布鲁克痛苦地喊叫起来，因为他的胳膊已经被幽灵的蟹爪切进肉里。虽然知道匕首对幽灵无可奈何，但他还是不停地挥砍着。

"放开他！"美佳朝幽灵大喊一声。

幽灵转向美佳，脸上仿佛露出了笑容，不过那笑比哭还难看。幽灵的蟹爪切开布鲁克的肉，马上就要碰到骨头了。可就在此时，幽灵松开了布鲁克，朝美佳飘过来。

美佳也是紧张得不得了,她不能确定自己的咒语对幽灵管不管用。她向后退了几步,伸出文有十字符号的手,掌心对着幽灵,口中重复着那熟悉的咒语。

"啊啦嚓哈哇呼呵……"

随着咒语脱口而出,美佳的掌心放射出一道红光。红光从幽灵的身体穿射而过,但幽灵却没有消失,也没有停止运动。它仍笑着飘向美佳,似乎很喜欢美佳手中发射出的红光,或者是喜欢美佳。总之,幽灵面带笑意,满面春风地来了。

美佳见咒语无效,瞬间慌了手脚。她并非专业的巫师,只会些三脚猫的咒语。

雷特见美佳也对付不了幽灵,便不再躲在美佳的身后了,而是撒腿就跑。

本来幽灵并没有注意到雷特,他突然逃跑反而引起了幽灵的注意。幽灵发出一阵怪叫,这叫声仿佛来自阴间,令人心惊胆寒。

雷特还没有跑出几米远,便感觉到身后一股凉气

袭来。他回头一看，幽灵那张令人恐惧的脸正好贴着他的脸。

"妈呀！"

雷特吓得一屁股坐在地上。情急之下，他掏出一枚闪光雷，拉开了拉环。一阵强光在墓室中闪起，瞬时间将墓穴中照得亮如白昼。强光刺眼，蓝狼军团瞬间失明。他们都在抱怨雷特在没有通知一声的情况下，拉燃了闪光雷。

现在，他们的眼前一片漆黑。如同盲人的蓝狼军团根本无法逃跑，要是此时幽灵对他们进行袭击，岂不是坐以待毙？

第八章

暗夜枪战

只有一个人的眼睛没有暂时失明,那就是雷特。他在释放闪光雷的同时,闭上了眼睛。

当雷特睁开眼睛的时候,欣喜若狂地大喊道:"消失了,幽灵消失了。"

这真是一件不可思议的事情,幽灵竟然在闪光雷爆炸之后,变得踪影全无了。看来,幽灵怕光,但它不怕手电筒发出的光,只怕闪光雷发出的强光。本来其他人都在心里骂雷特。但是,雷特竟然歪打正着,用闪光雷击退了幽灵,大家的怨气也就自然消失了。

"看来今天咱们是不会有收获了,还是撤吧!"布鲁克一只手按住自己的伤口,鲜血已经把整条衣袖染红。

艾丽丝从挎包里掏出纱布,帮布鲁克包扎伤口。布鲁克胳膊上的肉向外绽开,几乎可以看到骨头了。作为

一名征战多年的老兵,艾丽丝见过比这更惨不忍睹的画面,所以她并不感到害怕。

"没错,咱们还是赶紧撤吧!"美佳也赞同布鲁克的建议,"金字塔里隐藏着太多的玄机,咱们根本应付不来。也许,咱们应该做好充分的准备,然后再来寻找能量块。"

所有人都被接连发生的事情吓怕了,无一人想留下来继续寻找能量块。于是,他们转身准备离开胡夫的墓室,朝金字塔外走去。

就在此时,在通往胡夫墓室的石壁墓道中传来了脚步声。

"有人来了!"凯瑟琳警觉地说。

"谁知道是人是鬼?"雷特补充道。

布鲁克一只手提着枪,咬牙说:"不管是人是鬼,咱们都要做好战斗的准备。"

蓝狼军团关闭手电筒,轻手轻脚地朝前走去。他们要出其不意,给对手迎头痛击。隐隐约约,他们已经看

到了石壁墓道中的光线。由此，他们可以断定迎面走来的是人，而非幽灵或者冤魂之类的东西。

"咱们先躲起来。"布鲁克小声说。

面前正好有一条墓道的分支，蓝狼军团躲进这条分支里。躲进去之后，布鲁克手中的能量探测器频繁地闪烁起来，他才认出了这条分支。苏珊带他们来胡夫金字塔的时候，蓝狼军团曾经要求拐进这条分支来看看，但却被苏珊阻止了。苏珊说，这条墓道是通往王后墓室的，至今没有人进去过。

想到这里，布鲁克对王后墓室突然有了兴趣。他想，王后墓室竟然比国王墓室还神秘，能量块会不会藏在那里呢？

正想到这里，布鲁克感觉到后背一阵阴风袭来。他回头一看，顿时吓得惊声尖叫起来。一只气雾状的大手正从墓道后方慢慢地向前延伸而来，眼看就要将他攥在手心之中了。

布鲁克的尖叫令其他人惊恐起来，他们连头都不敢

回,便一窝蜂朝前跑去了。

"果然有人,他们在那儿。"墓道里迎面走来了几个人,他们是守护金字塔的配枪保安。

保安见有人出现在对面,便举起枪大喊道:"不许动,你们是干什么的?"

蓝狼军团自然不会乖乖地听话。一声枪响过后,位于最前面的保安倒在了地上。

"砰砰砰……"

霎时间,墓道里枪声响成一片。子弹在墓道里如雨点般穿梭,又有两名保安倒在了血泊之中。蓝狼军团则无一人受伤,因为他们有的躲在了石像的后面,有的躲回到了刚才那条墓道分支中。

美佳和雷特躲回那条墓道分支中,刚才那只大手已经消失了。美佳开始怀疑那只大手的出现仅仅是幻觉而已。

雷特谨小慎微,自从发现美佳会使用一点儿巫术之后,便像尾巴一样粘着她不肯离开了。

"呼叫总部,在胡夫金字塔内发现持枪盗墓者,请求

支援。"伤亡惨重的保安开始求援了。

"咱们必须尽快离开,否则就难以脱身了。"布鲁克大喊。

蓝狼军团发起猛烈的攻击,他们的微冲在狭窄的墓道里发挥了绝对的优势,超高的射速将对方压制得无法抬头。还有两名保安幸存,他们躲在石头后面不敢露面了。

美佳回头对雷特说:"你的闪光雷现在可以派上用场了。"

雷特伸手在腰间摸到一枚闪光雷,朝保安藏身的方向扔过去。

一阵强光亮起,蓝狼军团提前闭上了眼睛,而那两名保安则毫无防范,被强光闪了眼睛,瞬间失明。

蓝狼军团朝金字塔外冲去。刚刚冲到金字塔的出口,他们便听到了急促的警笛声。接到求援的警察正驾车朝胡夫金字塔方向驶来。

布鲁克率先从金字塔的出口跳了下去。落到地面的

强大冲击力,令他的伤口一阵剧痛。

"砰!"

刚刚落到地面,一颗子弹便朝着布鲁克飞来。子弹从他的耳边飞过,打到身后的石壁上,溅起了四散的火星。原来,在金字塔外还有两名持枪的保安。

凯瑟琳纵身跃下,同时扣动扳机朝其中一名保安发起攻击。这名保安应声倒地。另一名保安已经吓得面如土色,转身就要跑。

雷特耍威风的时候到了,他的独眼不耽误瞄准,甚至还节省了闭一只眼的时间。雷特发射的子弹击中逃跑者的后心,断送了这名保安的性命。雷特不允许自己的容貌留在对手的记忆中,橡皮擦不掉记忆,但子弹可以。

逃出金字塔的蓝狼军团朝停在隐蔽处的汽车跑去。他们刚刚坐进汽车,前来增援的警察就赶到了。

警车停在胡夫金字塔的入口处,增援人员首先看到了那两名被射杀的保安。

"看来盗墓者已经逃走了。"

警察队长放眼向四周望去，寻找逃跑的盗墓者。在他看来这些进入金字塔的人，仅仅是为了盗取里面的文物而已。如果，他知道这些人绝非简单的盗墓者，而是一群雇佣兵，想必会大吃一惊。

就在警察队长寻找盗墓者踪迹的时候，突然两束强光亮起，穿透黑暗的夜色，照向了无尽的远方。紧接着，他听到了汽车发动的声音，然后便看到一辆汽车疾驰而出，向远方奔逃而去。

"快追！"

警察队长坐进警车里。好几辆警车拉着响彻夜空的警笛声，朝蓝狼军团驾驶的汽车追过去。

第九章

极速狂奔

蓝狼军团的汽车驶向公路,但却不是朝着通往开罗的方向行驶。

好几辆警车正在疯狂地追赶他们,如果他们朝着开罗方向行驶,必定是死路一条。

为什么这样说呢?理由很简单,警察不会单打独斗,他们会通知前方的警力进行拦截,而开罗是埃及警力最充足的地方。

蓝狼军团作战经验丰富,这点常识还是有的。布鲁克的手臂受伤,汽车正由泰勒驾驶着。他的开车技术绝对在布鲁克之上。

汽车在平坦的柏油马路上飞驰,深夜的郊区公路上几乎看不到其他的汽车,这使泰勒更加放心大胆地驾驶汽车全速前进了。在他们的后方,警笛声撕心裂肺地喊

着。通过后视镜，泰勒看到只有一辆警车紧紧地跟上来，其余的警车已经被远远地抛在后面了。

紧追而来的警车是由警察队长亲自驾驶的，他叫伊麦德，是个喜欢玩命的家伙，以前是埃及国防军的一名少校，退役后进入了警察队伍。伊麦德队长双手紧握方向盘，将油门踩到最深处，汽车已经跑到它的极限速度，仿佛已经飘了起来。

坐在副驾驶位置的警员吓得面色铁青，一只手紧紧地抓住扶手。

"喂，你还不开枪，难道等着他们先开火吗？"伊麦德队长朝他大吼道。

"是，队长。"警员有气无力地回应。他掏出手枪，摇下车窗玻璃，将头探出去准备朝蓝狼军团驾驶的汽车开枪。由于汽车开得太快，强风一下子把他的帽子刮飞了。

"我的帽子！"警员大喊。

"别管你的倒霉帽子，快开枪！"伊麦德队长愤怒了。

"砰砰！"

法老的诅咒
FALAO DE ZUZHOU

警员朝着蓝狼军团的汽车连开了两枪。至于子弹飞到了哪里不得而知，因为前面的汽车仍在完好无损地疾速奔驰。

"我没收拾他们，他们倒先开火了。"听到枪声，雷特恼怒地吼道。他从汽车的天窗探出头去，端着微型冲锋枪朝追来的警车一阵猛烈地射击。

"嗒嗒嗒——"

子弹密集地射出，枪口喷射出一条火舌。

伊麦德队长还真不是吃白饭的，他驾驶汽车画着弧线，灵活地躲闪飞来的子弹。即便如此，还是有几颗子弹击中了机头盖和挡风玻璃，但汽车却仍然可以正常行驶。

为了躲避子弹，伊麦德队长不得不降低车速，因为在高速情况下摆动车身是非常危险的事情。如果那样做的话，即使躲过射来的子弹，汽车也会因失去控制而翻车。

伊麦德队长并没有死心，他朝警员吼道："开枪，别停下来。"

警员朝着蓝狼军团驾驶的汽车又开了几枪。"队长，

子弹没了。"警员可怜巴巴地说。

伊麦德队长将自己的配枪扔给警员："接着打,别停下来。"

警员拿起队长的手枪继续射击。不过,这次他开枪变得更加谨慎了,因为队长的手枪里也没有多少子弹。对于警察来说,除非执行有计划的特种任务,否则他们的配枪中最多装有一个弹夹的子弹。

看到后面的警车还在紧追不放,凯瑟琳喊道："雷特,你行不行?要是搞不定一辆破警车,就别占着地方不下来,让我来。"

雷特被激怒,他在蓝狼军团中的地位每况愈下,尤其是凯瑟琳总是排挤他。为了证明自己的价值,雷特决心一定要把这辆警车干掉。他不再发射子弹,手向腰间摸去,摸到了最后一枚闪光雷。

今晚注定是"闪光雷之夜"。在夜晚,闪光雷的确是一种好用的武器。雷特挥起手臂,将闪光雷猛地扔了出去。

伊麦德队长隐隐约约看到一个东西飞来，还以为是手雷，吓得赶紧踩下刹车。

闪光雷掉在路上，向前滚动了一段距离，然后闪起刺眼的强光。队长和警员都没有料到这是一枚闪光雷，根本来不及闭眼。他们只觉得眼前变得一片漆黑，瞬时间就什么也看不到了。

伊麦德队长的眼睛暂时失明，但是他驾驶的警车却还在疾驰。他的驾驶技术虽然不错，但是还没有达到"盲驾"的程度。汽车一下子偏离了正确的行驶方向，伊麦德队长不敢一脚把刹车踩到底，因为在如此高的车速下急刹车无异于自杀。他只要凭着感觉连续点刹，即便如此汽车还是一头撞到了路边的大树上。幸运的是，汽车的速度已经被降下来，所以虽然汽车的车头被撞得"张开了嘴"，但是队长和警员都只是受了一些轻伤。

当伊麦德队长和警员恢复视力的时候，蓝狼军团的汽车早已经无影无踪。伊麦德队长狠狠地踢了一脚面目全非的警车，怒吼道："我一定会抓到你们的。"

雷特坐回到汽车里,有些小得意地说:"怎么样?我把那辆警车搞定了吧!"

"哼!我看从今天起,你不用再叫雷特了。"凯瑟琳阴阳怪气地说。

雷特瞪着眼睛问:"那叫什么?"

"闪光雷!"

"你——"雷特握紧了拳头,他知道凯瑟琳在讽刺自己。雷特深深地吸了一口气忍了下来,这段时间他最大的进步就是学会了忍。

"今晚,多亏了雷特的闪光雷。"美佳帮雷特解围,"他先用闪光雷令幽灵消失不见;后来又在闪光雷的帮助下,干掉两个躲在暗处的保安;最后,闪光雷再次发威,把难缠的警察甩掉了。"

艾丽丝也跟着说:"没错!咱们这次行动基本上都是在夜间进行,所以多带上一些闪光雷没有坏处。"

泰勒驾驶汽车继续朝背离开罗的方向行驶。他们打算进入前面的一座小城,将布鲁克的伤口处理一下,然

后再从长计议。

布鲁克的伤口一直在剧痛,他咬着牙说:"刚才追赶咱们的人绝不是普通的警察。我观察了他的驾驶技术,绝对受过特种驾驶训练。咱们一定要小心这个人,估计他不会善罢甘休的。"

布鲁克的眼力果然不错,这位警察队长可是埃及警察中出了名的拼命三郎。在以后的日子里,蓝狼军团还会跟他有再交手的机会。

第十章

躲避追踪

蓝狼军团的汽车停在一座小城的药店旁。此时,天还没有亮。

"你们在车上待着,我去把药店的门弄开。"艾丽丝说着,推开了车门。

昏暗的路灯下,街道上看不见一个人。艾丽丝三下五除二就将卷帘门的锁打开了。向上推起卷帘门,还有一把锁将里面的玻璃门紧紧地锁着。当然,这把锁也挡不住艾丽丝,她很快进入了药店。

打开药店的灯,屋里变得明亮起来。艾丽丝将消毒水、抗生素、注射器、手术刀、缝合针线、纱布等,装了一大袋子。整个行动用了仅十几分钟。

"开车!"艾丽丝关上了车门。

泰勒立即驾驶汽车驶离药店。最终,汽车停在了一

家小旅店的门前。

旅店老板坐在柜台后面打着哈欠问:"你们要几个房间呀?"

"两间。"泰勒说。

"这么多人才要两间房呀!"老板摇着头,以为他们是舍不得花钱。

"放心,不会少给你钱的。"泰勒掏出一沓钞票放在柜台上,"这是押金。"

老板一看到钞票,眼睛立刻冒出贪婪的光,将两间房门的钥匙递给泰勒,并说道:"房间是301和303,都是阳面的好房间。"

蓝狼军团向楼上走去,在此期间布鲁克一直躲在后面,老板并未发现他受伤了。

老板刚刚坐下将钱放在抽屉里,泰勒便返了回来。"老板,能帮我找个安全的地方停车吗?"

"放在门前就很安全,因为我随时都可以看到它。"老板微笑着说。

泰勒当然不希望车停在旅店的门前,于是他问道:"旅店有后院吗?"

"我这里是小旅馆,不是大酒店,没有专门的停车场。"老板解释道,"后面倒是有一个小地方,可以停下一辆车。不过——"

泰勒又掏出几张大钞:"这是停车费。"

老板马上说:"我这就带你过去。"

泰勒在老板的指引下,将汽车停到宾馆后面的一块空地上。等老板走后,泰勒从后备厢里取出工具,将车牌卸下。然后,又将一副假车牌装了上去。

回到宾馆的房间,泰勒看到艾丽丝正在对布鲁克"用刑"。艾丽丝用卫生棉球蘸着消毒水,在布鲁克的伤口上消毒。布鲁克的伤口处立刻冒出了一股股白色的泡沫。换作普通人,被消毒水这样折磨,早就大呼小叫了。可是,布鲁克却咬紧牙关,一声叫喊都没有发出。

特种兵经常互相处理伤口,所以这种残忍的画面对他们来说已经司空见惯。布鲁克的伤口很深,必须进行

缝合。艾丽丝就像裁缝在缝补衣服那样,用医用针线将布鲁克的伤口缝合起来。为了防止伤口感染,最后艾丽丝没有忘记给布鲁克打上一针抗生素。

伤口处理完毕,布鲁克长长地出了一口气,平躺在床上说:"咱们就在这里休息几天,等我的伤好一些再从长计议。"

"真是没有想到金字塔里会隐藏着那么多的秘密,竟然还会有幽灵出没。"雷特一回想起昨晚发生的事情就害怕。

就在此时,布鲁克的手机响了。他掏出手机一看,电话是苏珊打来的。

"喂,你们跑到哪里去了?我一大早到酒店找你们,你们就不在了。"

"昨晚我们去金字塔了。"布鲁克说。

"什么?你们竟然敢夜闯金字塔。"苏珊很吃惊,"结果呢,找到能量块了吗?"

"没有!"布鲁克说,"不仅如此,我们还遭到了幽

灵的攻击。"

"天啊!"苏珊感叹道,"看来那些传说都是真的。早就听说金字塔里有幽灵出没,特别是在夜间。幽灵没伤到你们吧?"

"反正我们活着出来了,受没受伤已经不重要了。"布鲁克说,"苏珊,我们需要你的帮助。"

苏珊很爽快:"别客气,尽管说!我拿了你们的钱,就该为你们服务。不过,要在我的能力范围之内。"

"我要你帮我们找到一个能对付幽灵的人。"布鲁克说。

"这个——"苏珊迟疑着。

"你必须要做到,否则——"布鲁克话中有话。

苏珊自然知道蓝狼军团是一群什么样的人。他们的钱不是那么好挣的。如果收了他们的钱,却不能帮他们做事,后果会非常严重。

"好吧!我尽力而为。你们等我的消息。"苏珊说。

"希望是好消息!"布鲁克挂断了电话。

美佳听到窗外有嘈杂声,她将窗帘掀开一条缝隙向

外看去。此时,天色已经大亮,她看到在旅店的门口停着一辆警车,从警车上下来两名警察正在和旅店的老板说着什么。

"不好,警察找上门来了。"美佳说。

所有人都紧张起来,立即从背包里取出枪,将子弹推进枪膛。不知道旅店老板都和警察说了些什么,这两名警察面部表情非常紧张,其中一名拿起对讲机好像在呼叫同事。

紧接着,美佳看到这两名警察急匆匆地朝旅店里走来。他知道肯定是旅店老板把昨晚他们住店的事情对警察进行了描述,从而引起警察的怀疑。

"咱们快撤!"美佳离开窗前,打开了房门。

来到楼道里,美佳打开窗户,迅速从窗口爬出去。她抓住排水管,不到一分钟就落到了地面。其他人紧随其后,就连一只手臂受伤的布鲁克都没有拖后腿。

多亏泰勒提前将汽车停到了后院,否则他们只能从前面冲出去了。那两名警察刚刚走上三楼,便听到后院

传来汽车声。他们推开窗户向后院望去，连车的影子都没有看到。

"盗墓者跑了！"其中一名警察喊。

另一名警察不死心，推开301和303的房门一看，果然空无一人了。

"报告队长，我们在德里亚旅店发现了盗墓者的踪迹。现在，他们已经逃跑了。"一名警察赶紧通过对讲机报告。

原来，他们是伊麦德队长派来的警察。现在，伊麦德队长也在这座小城里。他发誓一定要抓到昨晚的盗墓者。虽然，昨晚伊麦德队长没有看到那几个人的相貌，但是在追赶的时候，警车的大灯照射到了汽车的车牌号码。

第十一章

破屋避难

泰勒驾驶汽车从旅店的后院出来以后，便径直沿路朝通往小城外的公路开去了。当那两名警察驾驶警车绕到旅店侧面的路上时，已经无法辨识出哪辆车是蓝狼军团驾驶的汽车了。

伊麦德队长正驾驶一辆警车与蓝狼军团的汽车在同一条路上行驶，只不过他们一个在向东开，一个在向西开。也就是说，用不了多久这两辆车便会相遇了。伊麦德队长是在接到了刚才那两名警察的呼叫后，才驾车朝这条路驶来的。

泰勒正驾驶汽车在车流中按照顺序不慌不忙地开着。他知道，在如水的车流中只有随波逐流才不会引起注意，相反如果慌慌张张地超车急行，反而会暴露自己。他是一条有经验的老狐狸，换作新手此时一定会加速逃跑。

伊麦德队长一边开车，一边观察着对面行驶来的汽车，同时叮嘱随行的警员："注意观察，慌慌张张、加速行驶的汽车是重点目标，尤其注意观察车牌，那辆车的车牌号是：WH5698。"

"是，队长！"警员回答，"我不会放过任何一辆可疑的汽车。"

车流停在十字路口等红灯，蓝狼军团的汽车也在其中。在十字路口的对面，停着一辆警车。伊麦德队长不停地观察着对面的车，随行的警员更是逐辆车地观察，但并未发现车牌号码为WH5698的汽车。

"对面有辆警车，里面的警察好像在盯着咱们看。"雷特做贼心虚。

"不用担心，我已经把车牌换掉了。"泰勒异常镇静，"只要咱们不露出破绽，就不会被发现。"

红灯闪烁几下，变成了绿灯。泰勒松开刹车，汽车随着车流慢慢地通过十字路口。伊麦德队长驾驶的汽车与蓝狼军团驾驶的汽车擦肩而过。泰勒不去看对方，只

是盯着前方的车辆，小心谨慎地驾驶。伊麦德队长则将目光投向了窗外，当然他没有刻意地去观察蓝狼军团驾驶的汽车。他在观察着每一辆车。

"嘀嘀嘀——"

一阵急促的喇叭声响起，后面的司机在抗议了。伊麦德队长只忙于观察对面车道上行驶的汽车，自己驾驶的汽车几乎没怎么动。眼看着绿灯又要变成红灯了，排在后面的汽车司机自然恼火起来。

伊麦德队长拉响警笛，这是在向众人宣告，他是警察。但是，民众只见过拉着警笛风风火火让其他车辆让路的警车，还没见过挡在路上不让别的车通过的警车。所以，等在后面的汽车司机更加恼火了。

"警察了不起呀！警察就可以挡路吗？"有人大喊着。

泰勒驾驶的汽车已经顺利通过十字路口，车流的速度开始快起来。他兴奋地吹着口哨，心想那辆警车里的警察无论如何也不会想到，我们就从他的眼皮底下溜走了吧！

蓝狼军团驾驶汽车驶出小城,一时间他们不知道该去哪里了。

"不如咱们回开罗,最危险的地方也是最安全的。"凯瑟琳建议。

"不能回去。"布鲁克说,"虽然现在警方还弄不清咱们的真实身份,也不知道咱们长什么样子。但是,用不了多久,他们就会根据金字塔附近的监控探头分析出咱们的真面目。所以,开罗的警察很快就会在全城搜捕咱们了。"

"那咱们去哪里?"雷特焦急地说,"咱们在这里人生地不熟的。"

"不是有苏珊帮忙吗?怕什么!"布鲁克说着拨通了苏珊的电话。

"喂,你们在哪儿?"苏珊先说话了,从声音来判断,她很着急。"你们千万不要回开罗。今天的早间新闻已经报道了昨晚在胡夫金字塔发生的案件,说是盗墓者非法进入金字塔,并枪杀了几名保安。现在,警察正在

全力调查盗墓者的真实身份。"

苏珊像机关枪似的说了一大串。布鲁克听完，说道："这些我们都料到了。所以，我才给你打电话，让你帮我们找一个安全的地方待几天。"

苏珊沉默片刻："我带你们去一个地方，顺便见见我帮你们物色到的那位民间大巫。"

挂断电话，布鲁克马上启动手机中的导航程序，找到了一个叫"哈勒拉"的村子。这个小村庄便是苏珊和他约好见面的地方。在手机导航软件的指引下，泰勒驾驶汽车驶向那个小村庄。

大约行驶了两个小时，蓝狼军团终于看到了那个叫"哈勒拉"的村子。在村口停着一辆汽车，苏珊早就坐在车里等着他们了。

"跟着我的车！"苏珊没有下车，只是跟蓝狼军团打了一声招呼，便开着车向村子里驶去了。

泰勒驾驶汽车跟在苏珊的后面。汽车拐来拐去，驶进村子中央的一座破落的庭院里。苏珊从车上走下来，

说道:"只好委屈你们先在这里躲一躲了。"

蓝狼军团走进屋子里,雷特一头撞到了蜘蛛网上,他在脸上抓了半天也没把蜘蛛网弄干净。屋里四壁空空,只有几张又脏又破的床,看样子已经很久没人住过了。

"这种鬼地方能住人吗?"雷特很不满意。

"难道你是土豪家的公子吗?"艾丽丝瞪着雷特,"别说是破房子,就是山洞咱们不是也住过吗?"

布鲁克看了看破败的屋子,虽然屋里脏乱、漆黑,但是屋顶没洞,窗户不透风,这已经很不错了。他对苏珊说:"谢谢你,这里很好。另外,别忘了你在电话里跟我说过的话。"

"呵呵,我不会忘的。"苏珊说,"你们先收拾一下屋子,我去村里给你们借几床被子。"

苏珊转身离开。艾丽丝捡起一块破布抖了抖,将一把椅子擦干净,坐在了上面。然后,她将破布扔给雷特,说道:"还不快把床擦一擦。"

雷特接住破布:"凭什么让我干活?"

"你说呢?"艾丽丝反问道。

"我怎么知道!"雷特一脸无辜。

"泰勒开了一路的车,布鲁克的手臂受伤了,我们三个是女生。你说你不干,谁干?"

雷特无言以对,只好拿着破布去擦床上的灰土。

没多久,苏珊抱着几床被子回来了。艾丽丝一看,恶心得差点儿吐出来。被子破旧也就算了,而且还又脏又臭。

"没办法,这里的村民以放牧为生,卫生习惯又不好,一年也不会洗一次澡。你们就凑合着用吧!"苏珊将被子丢在床上。

人在矮檐下不得不低头。蓝狼军团只好默默地接受了这一切。

临走时,苏珊对布鲁克说:"明天,我就带你去见那位民间大巫。"

第十二章

追踪而来

开罗机场,红狮军团背着行囊走下飞机。这次埃及之行并不是为了度假,他们是追踪蓝狼军团才来到这里的。

红狮军团总部接到秘密情报,说是蓝狼军团雇佣兵已经来到埃及,正在寻找传说中的超级能量块。

超级能量块的存在与否一直是个谜,但万一蓝狼军团获得了能量块,他们就会制造出超能武器,这将是人类巨大的灾难。

为了阻止蓝狼军团的行动,红狮军团总部决定派出一支特种兵小队赶往埃及。

走下飞机,亚历山大便急着说:"听说开罗有很多特色的小吃,咱们先别急着行动,去吃点好吃的,怎么样?"

"我没意见。"詹姆斯说。

"我有意见。"朱莉瞪着这两个吃货,"别忘了咱们是来做什么的!"

"也不差那么一会儿。"亚历山大极力争取,"吃饱了更有力气,是不是?"

说着,红狮军团走出了机场。他们乘坐两辆出租车,亨特、朱莉和亚历山大在前一辆。

"师傅,开罗哪个地方的小吃最有特色?"亨特问。

出租车司机说:"我带你们去一个地方保证没错。"

"好,就去你说的地方。"亨特说。

朱莉不高兴了,质问道:"你怎么和那两个吃货一样,只顾着吃。"

亨特不解释,只是说:"听我的,没错!"

亨特并非真的想去尝一尝开罗的小吃,只不过是想通过跟出租车司机聊天,以及接触开罗小吃店的老板,初步了解一下当地的风土人情,说不定会有意想不到的收获。

"到了,就是这家。"出租车停下来,"这家店的锦葵

汤很有名,外国游客来开罗必定要来这里吃上一碗。"

亨特很高兴,这是他想要来的地方。付了车费,红狮军团走进小餐馆。此时,正值旅游的淡季,外国的游客并不多。

"什么破地方,出租车司机一定是收了店主的回扣。"朱莉一脸不高兴。

秦天坐下来,一言不发。他打量着餐馆里的游客,只需观察几秒便能大致猜测出被观察者的身份和职业。

"几位吃点什么?"店主拿着菜单走过来。

"听说你这里的锦葵汤不错,给我们每人来一碗。"亨特说。

店主满脸堆笑地说:"几位真的来对地方了,很多外国游客都是专门来我这里吃锦葵汤的。前几天,也有六七位向你们这样壮实的外国人专门来吃的。"

这句话引起了亨特的注意,他问道:"那几个人是不是三男三女?"

"我想想——"店主回忆着,"是三男四女,不过其

中一个女人是导游,叫苏珊,是我的老熟人了。"

亨特更加确定了自己的判断,他掏出手机翻到一张照片问:"那几个人里有没有这个人?"

店主看着照片毫不迟疑地说:"有,这个女生很漂亮,我记得清清楚楚的。"

亨特给店主看的是艾丽丝的照片。经过店主确认后,亨特暗自高兴,问道:"你知道他们去哪儿了吗?"

店主突然变得警觉起来,连连摇头:"这我可不知道。他们只是在这里吃了一碗锦葵汤而已。"

亨特发现店主的表情不对,便知道他在说谎。

"你不是跟他们的导游很熟吗?"说着,亨特掏出一沓钞票塞到店主的手中。

店主将钱装好,贴近亨特的耳边神秘兮兮地说:"他们要去胡夫金字塔,说是去找什么能量块。当时,我还劝他们不要去,因为史瑞夫也去那里了。"

"史瑞夫又是谁?"亨特问。

店主答:"埃及有名的巫师,被称为金字塔的守护者。"

"老板，怎么还不给我们上锦葵汤呀！"有客人在催了。

店主应道："好嘞，马上就上。"

听了店主的话，红狮军团心中有了大致的方向，他们要立刻赶往胡夫金字塔，说不定还能堵到蓝狼军团呢！

锦葵汤的味道的确不错，亚历山大吃了一碗还想再要一碗。

"没时间吃了，走吧！"亨特站起身来。

"既然都来了，还不让人吃饱呀！"亚历山大一肚子的意见。

亨特不理他，背起背包走出了餐馆。红狮军团并没有直接赶往胡夫金字塔，而是先找到一个租车的地方，租了一辆七座版的四驱越野车。

一路无话，当红狮军团赶到胡夫金字塔的时候，这里已经恢复正常，他们并未看出此处曾经发生过枪击案。但是，秦天却注意到胡夫金字塔周围的警察好像比较多，而且保安也都是严阵以待的样子。他靠近保安，从他们

的谈话中，才获知两天前的晚上这里曾经发生过枪击案。

"蓝狼军团肯定已经来过了。保安所说的盗墓者一定指的就是他们。"秦天说。

"不知道他们找到了能量块没有？"劳拉小声地说。

"哪会那么容易找到。"亨特说，"估计他们在寻找的过程中被保安发现了，所以才引起了枪战。"

红狮军团随着游客进入胡夫金字塔。亨特的手腕上戴着一块特殊功能的手表，确切地说那是一个伪装成手表外形的能量探测器。要想阻止蓝狼军团的行动，最好的办法就是率先找到能量块。

沿着石壁墓道向里走，亨特手中的能量探测器信号越来越强。他们脱离游客群，快速向前走去。此时，墓道出现了一条向左的分支，能量探测器的指示灯强烈地闪烁起来。

"这条墓道应该是通往王后墓室的。"劳拉说。

在来埃及之前，红狮军团已经对金字塔内部的结构进行了详细的研究，所以虽然是第一次进入内部，但是

却能很快判断出所处的位置。

在这条墓道分支前有一个护栏,禁止游客跨越护栏进入这条相对狭窄的墓道。

秦天回头望去,见其他的游客还没有跟上来,便迅速地卸下背包,从里面掏出一个玩具车一样大小的机器人放在了地上。

紧接着,秦天掏出手机,启动了机器人的控制软件。机器人上安装有四个小轮子,它马上向王后墓室的方向驶去了。

第十三章

神秘墓穴

秦天所拿的就是一个普通的手机,但其中的软件却是特别开发的。这种将手机与机器人遥控器结合到一起的设计,使他们的行动变得更为隐蔽。秦天看似在玩手机游戏,其实是在控制机器人向墓道的深处运动。

在机器人的前部安装有一个微型的红外摄像仪,所以即使在黑暗中它仍能够拍摄到清晰的画面,并将图像传输到秦天的手机上。

从机器人传回的图像,秦天可以看到墓道越来越窄,途中除了石壁并无其他东西。秦天操控机器人继续向墓道深处运动,不久后从传回的图像中,他看出机器人已经进入一个相对宽敞的墓室。

亨特手腕上的能量探测器显示,墓室中隐藏着巨大的能量源,强烈的信号是机器人上的传感器发来的。

"机器人现在所处的位置应该就是王后墓室了,说不定能量块会隐藏在里面。"亨特说。

秦天更加谨慎了,操纵机器人缓缓地在墓室里移动。从机器人传回的图像来看,墓室虽然不小,但里面除了一座石棺,便没有什么大件的物品了。

"把机器人移动到石棺那里看看。"朱莉说。

秦天操纵机器人慢慢地靠近石棺。此时,在墓道中传来一阵脚步声,后面的游客马上就要走过来了。

"咱们别停留在这里,否则会引起别人注意的。"劳拉说。

秦天说:"咱们就跟在这群游客的后面一起往里走,反正在一公里之内,我都能控制机器人正常移动。"

红狮军团装作漫不经心地往前走,很快后面的游客群就赶上来了。一位埃及导游正在边走边介绍着金字塔的故事,当然其中不乏道听途说的离奇传闻。

"金字塔中有一种神奇的能量,至今科学家都无法解释。"导游侃侃而谈,"如果你把牛羊头,或者水果蔬菜之

类的放在金字塔里,它们绝不会腐烂,而只会变干。如果你把一把钝刀放在金字塔里,不久它就会变得锋利无比。所以金字塔就有一种神奇的能量,被称为'金字塔能'。有一个人根据金字塔的结构制造了一个很小的模型,结果把刀放进去不久后,刀刃同样会变得锋利。后来,他还申请了专利,给它的模型取名为'法老磨刀器'。"

"真是太神奇了!"詹姆斯赞叹道。他跟在导游的后面,一路上听着免费解说。

秦天走在人群的最后面,始终在拿着手机,在外人看来他是在上网或者玩游戏。其实,他一直在操纵着机器人。现在,机器人已经移动到石棺的旁边。

石棺约半米高,机器人现在的外形是玩具汽车,所以根本看不到石棺里的情况。秦天马上启动了机器人的变形程序,机器人由许多组模块组成,很快变成了一个人形,直立在石棺前。

站起来的机器人高出石棺,里面的情况一览无余。虽然石棺里传来的能量信号很强,但是从传回的图像来

看，里面空荡荡的，什么都没有。

"更强的能量源在石棺左侧。"亨特说。

秦天操纵机器人向石棺的左侧走去，很快他便看到王后墓室内竟然还有两条狭窄的通道。这两条通道是通往斜上方的，需要沿着台阶走上去。但是，通道很狭窄，很显然一个成年人不能在里面通行。

幸亏有了这个机器人，不然这两条通道是绝对无法进入的。秦天暗自高兴，操纵机器人走上台阶，准备进入其中的一条通道。即便是只有半米高的机器人在通道中行走仍然非常困难，所以秦天小心翼翼地操作着。

越往里走，能量探测器显示的信号越强。亨特难以抑制兴奋，小声地说："看样子，咱们会有大发现。"

秦天也是喜出望外，他控制机器人沿着通道向上爬。大约五分钟后，机器人便无法再向前移动了。在机器人的面前，一道石门拦住了去路。秦天想，莫非通道已经到了尽头？

"石门的后面肯定别有洞天。"劳拉一直跟在秦天的

身边,"如果通道已经到了尽头,就绝不会再有一扇多余的门了。"

秦天也是这样认为的,他仔细观察石门,发现石门上有两个铜把手。看来在制造这道石门之初,设计者是曾经开启和关闭过这扇门的,不然把手就毫无意义了。

石门很重,而且门轴也是石头的,估计需要很大的力气才能拉开。秦天又产生了一个疑问,既然这条通道狭窄得无法令成年人通行,那么石门又是如何建造和安装上的呢?一时间,他无法解释这个问题。看来,金字塔里的不解之谜还有很多。

机器人止步在石门前,但是秦天绝不会就此罢手,因为他发现石门和石壁之间有一道缝隙。这道缝隙令他喜出望外,因为在机器人上安装有一个软管摄像头,可以灵活地伸进细小的缝隙里。

秦天马上启动软件上的程序,机器人的手臂上伸出一根和鼠标线差不多粗细的软管,慢慢地插进石门与石壁之间的缝隙。跟在秦天旁边的人都侧目看着秦天的手

机屏幕，紧张得透不过气来。

在石门的后面到底隐藏着什么呢？当图像传回到手机屏幕上时，红狮军团瞬间惊呆了。石门后面竟然是一个更大的墓室，不过里面并没有像国王或王后墓室里那样的石棺。在墓室里尸体堆积如山，虽然经过了数千年，但那些尸体竟然完好无损，变成了和法老尸体一样的木乃伊。

"这里怎么会有如此多的木乃伊呢？"劳拉惊奇地问。

"有两种可能。"亨特分析道，"第一种可能，这些人生前都是国王或王后的奴仆，在国王和王后死后，他们便成了陪葬品；第二种可能，这些人是建造金字塔的奴隶，在金字塔建成后被杀死，永久地封存在里面。"

"不管他们的身份是什么，经过了数千年，他们的尸体却没有腐烂，这真是一个奇迹。"劳拉说，"莫非金字塔中真的蕴藏着神秘的能量？"

"快到下一条通道里看看，说不定还会有新发现。"亚历山大催促道。

秦天操纵机器人退出这条通道，然后向另一条通道

里爬行而去。这条通道与刚才的通道是并行的，都是朝向斜上方。两条通道的高度和宽度基本相同，通过机器人到达尽头的时间来看，就连长度也相差无几。

在这条通道的尽头，机器人同样被一扇石门拦住了去路。红狮军团对石门后面的景象充满期待。画面传到了秦天的手机屏幕上，果然在这扇石门的后面也是一个大墓穴，里面的木乃伊不计其数。由于已经看过了第一扇石门后的壮观场面，所以再次见到如此众多的木乃伊时，红狮军团已经没有开始时那样惊奇了。

"这是怎么回事？"秦天突然抑制不住喊出声来。

还好，导游解说的时候用了一个手持话筒，所以秦天的声音并没有引起格外的注意。

不可思议的事情发生了。从机器人传回的图像中，秦天看到一具干尸竟然慢慢地坐起来。这具木乃伊坐起来之后，缓缓地摇着头，好像沉睡了千年，才刚刚睡醒的样子。

木乃伊在地上坐了好一阵，才晃晃悠悠地站起来。

也许是他躺了几千年，还不适应直立起来的状态，所以身体前后左右地晃来晃去，就像一名醉汉。

"活了，千年的干尸竟然活了。"亚历山大的眼珠子都快瞪出来了。

"嘘！"亨特示意亚历山大不要出声，以免引起别人的注意。

木乃伊慢慢地恢复了平衡，开始磕磕绊绊地向前走。在这具木乃伊的身后，又有几具干尸缓缓地坐起来。没多久，整个墓室里的干尸都复活了。他们拖着身体，晃晃悠悠地朝石门的方向浩浩荡荡地前进，就像一支木乃伊战队。

"太可怕了，千年的干尸竟然在一瞬间都站了起来。莫非是咱们的机器人把他们唤醒了？"劳拉已经开始害怕了。

虽然以前她见过生化幽灵，还曾经和生化幽灵交手过，但生化幽灵毕竟是基因科学家制造出的怪物，是可以用科学解释的。可是，干尸复活无论如何也无法用科学解释了。

第十四章 木乃伊复活

一个个挥舞着双手的木乃伊来到石门前,开始用力地敲打石门。看样子,木乃伊是想从把他们关押了数千年的墓穴中逃脱出来。

"不能让他们出来。"劳拉说,"如果木乃伊跑出来,说不定会攻击人呢!"

秦天静静地观察着机器人传回的画面,他发现虽然数不清的木乃伊在不停地敲打石门,但那扇石门却异常坚固,基本上是纹丝未动。

"大家不必担心,那些木乃伊不会跑出来的。我猜测那扇石门被施了魔咒,而石门后的墓穴则是为了防止这些木乃伊复活而专门建造的。所以,通往墓穴的通道异常狭窄,就是为了防止有人爬进去。"秦天说。

"你说得没错!"

突然在红狮军团的身后出现了一个沧桑的声音。毫无防备的红狮军团被吓了一跳。他们回头一看,只见一位头发、眉毛和胡子都变成了白色的佝偻老者正站在他们的身后。

老者直勾勾地看着红狮军团,他的眼睛很吓人,只能看到白的眼珠,而不见一点黑眼珠。

"你是谁?"朱莉警觉地问。

"我是谁不重要。"老者说话的时候,嘴几乎是不动的,好像声音就不是从喉咙发出来的。"重要的是,你们唤醒了沉睡千年的木乃伊,必将招来大祸。"

"你吓唬谁呀!"亚历山大一贯天不怕地不怕,"我是吃大米白面长大的,不是被吓大的。"

"呵呵!"老者明明在笑,可表情却像是在哭,"'任何不怀好意的闯入者,都会死无葬身之地。'难道你们不知道这句法老的诅咒吗?"

亨特知道这位老者绝非普通人,便压低声音,恭敬地说:"老人家,我们绝非不怀好意之人,今天所做的一切

都是为了维护世界和平,如果有不当之处,还请您谅解。"

老者翻起白眼,看了看亨特。"莫非,你们也是为了能量块而来?"

亨特一听,更加对这位老者刮目相看了。"老人家,您知道能量块在哪儿?"

老者摇摇头:"我不知道。不过,我可以告诉你,曾经很多人来此寻找能量块,但结果只有一个。"

"我当然知道结果。"亚历山大不耐烦地说,"肯定是没找到呗!要不然,我们也不会跑到这里来了。"

老者摇摇头:"你只说中了其一,没有说中其二。我想告诉你的是,凡是来寻找能量块的人,不是死于非命,就是变成了求生不能求死不得的植物人。"

老者的话让红狮军团的特种兵们倒吸了一口凉气。看着这位老者,亨特突然想起了一个人。他记得开罗那家小餐馆的店主,曾经跟他说过一位叫史瑞夫的高人。

"老人家,莫非您就是史瑞夫?"亨特问。

"我是谁不重要。"老者并未直接回答,"重要的是,

你们必须马上离开这里,才能避免杀身之祸。"

秦天的手机屏幕上还在显示着墓室中的画面。疯狂的木乃伊撞击着石门,而石门似乎开始松动了。

虽然老者没有承认自己的身份,但他的确就是史瑞夫。"那些干尸被关在密室里有四千多年了,他们如果跑出来就会袭击人类,造成不可估量的危害。"史瑞夫说道,"你们快把那个机器人弄回来,我需要它的帮助。"

秦天感觉到史瑞夫的身上有一股神秘的力量,因此对他的话深信不疑。他赶紧控制机器人沿着通道移动回来。

史瑞夫从口袋里掏出一根写有奇怪文字的红丝带,对秦天说:"你让机器人把这条丝带系在石门的铜把手上。"

秦天赶紧按照史瑞夫所说,控制机器人再次进入狭窄的通道,将红丝带系在门把手上。机器人的探头观察到墓室内的木乃伊在瞬间倒下,又开始沉睡起来。

"您是怎么做到的?"朱莉好奇地问。

史瑞夫说:"这个你不必知道。我只想警告你们再也不要靠近那扇石门,那里绝不会有你们想找的什么能量

块，只有被法老咒语震慑住的干尸。在几千年前，这些干尸都是法老的侍从，为了在死后让这些侍从继续服侍法老，所以他们都成了陪葬品。没有人愿意成为陪葬品，所以他们是带着怨恨而死的，如若复活必将成为最邪恶的怪物。为了避免这一灾难的发生，古埃及的大巫师在石门上施了咒语，不让他们有出逃的可能。"

"老人家——"

亨特还想问，但史瑞夫却摆摆手说："你们快离开这里吧！我不会再回答你们的任何问题了。"

亨特毕恭毕敬地对史瑞夫说："多谢您的指教，我们马上离开这里。"

"咱们就这样一无所获地走了？"亚历山大心有不甘。

亨特笑了笑："咱们的收获已经够多了。"他转身准备带领大家离开金字塔。

"等等！"朱莉突然喊道，"詹姆斯不见了。"

不久前，詹姆斯还和他们在一起呢！此刻，他跑到哪里去了？

朱莉说:"这家伙准是跟着那位美女导游一起走了。"

"嗯!我看也是。"亚历山大点着头,"我早就注意到他的心思根本没在这次行动上,一直跟在美女导游的身后听解说。"

大家正猜测着,詹姆斯风风火火地从石壁墓道的深处跑回来,在他的身后还跟着一位美女。

"你跑哪儿去了。"亨特质问道,"让我们等这么长时间。"

詹姆斯嘿嘿一笑:"我跟着前面的旅游团去参观法老的墓室了。不过,我可没白去。你们看我把谁带来了。"说完,詹姆斯一闪身,藏在他身后的美女露了出来。

"阿兰!"

另外几个人同时惊讶地喊出了一个人的名字。没错,詹姆斯带回来的这位美女就是阿兰。那位曾经在绝命谷救过他们的女特工。

"阿兰,你怎么会在这里?"劳拉问。

阿兰亲切地拉起劳拉的手:"我是来旅游的,在这里

遇到你们真是太巧了。"

秦天没有说话，只是发出了轻轻的怪笑。

阿兰质问道："你笑什么？看到我也不热情，难道忘记你的伤是谁治好的了？"

"我笑你在说谎，鬼才相信你是来这里旅游的。"秦天说。

阿兰还没说话，詹姆斯便抢着说："阿兰真是来旅游的，她就在刚才那个旅游团里。你们说巧不巧，这是不是上天的安排……"詹姆斯喋喋不休，像上满了发条的钟表。

"你真是天真无邪的代表呀！"秦天讽刺道，"这个世界上哪有那么多巧合和偶遇。"

阿兰瞪着秦天："就你聪明，非把别人的心思都戳穿了才行，对吧？"

詹姆斯好像从阿兰的话中听出了什么。难道阿兰的出现是有预谋的？

第十五章 巧遇阿兰

来到金字塔外,红狮军团和阿兰找了一个清净的地方,准备详谈。

"你们为什么要来到这里?"阿兰先发问。

詹姆斯说:"我们是来阻止蓝狼军团的,他们要在埃及寻找传说中的能量块,用来制造超级武器。"

阿兰微微一笑:"看来咱们来这里的目的基本相同。我奉命来埃及调查关于能量块的传闻是否属实。"

"那么结果呢?"秦天问。

阿兰耸了耸肩:"我还没调查出来。"

"阿兰,不如你跟我们一起行动吧!"詹姆斯仍然处在兴奋之中,"你一个人行动太危险了。跟我一起行动,我会保护你的。"

"谁保护谁呀!"朱莉讽刺道,"阿兰的功夫可比

你高。"

詹姆斯脸色通红:"她功夫虽然比我高,但是我比她力气大,肩膀比她结实,关键时刻能帮她挡子弹。"

"詹姆斯,你真是太勇敢了。什么时候,你也为我挡一回子弹呀?"

朱莉的话令詹姆斯的脸更红了,他结结巴巴说不出一句完整的话了。

劳拉赶紧解围:"朱莉,你就别折磨詹姆斯了。他那点小心机都被咱们看得一清二楚了。不过,我和詹姆斯的意见一致,希望阿兰和咱们一起行动,这样咱们可以互相帮助。阿兰,你愿意吗?"

"我无所谓!"阿兰轻松地说,"反正一个人独来独往习惯了。"

劳拉拉了拉阿兰的手,小声地说:"你就答应了吧!不然,詹姆斯会悲痛而亡的。"

阿兰笑出声来:"好吧,我加入你们。咱们一起战斗!"

"耶！"刚才还在忐忑不安的詹姆斯，突然兴奋地大叫起来，还蹦了一米多高。

"用得着这么高兴吗？"朱莉对詹姆斯的行为嗤之以鼻。

"蓝狼军团找到能量块了吗？"阿兰转移了话题。

这个问题没有人能回答。现在，红狮军团最担心的就是蓝狼军团已经找到了能量块。如果那样的话，现在他们所做的一切都毫无意义了。

"咱们去找蓝狼军团，只要找到他们，答案自然揭晓。"亚历山大握着拳头说。

秦天皱着眉头，思考着一下步该如何行动。秦天认为去找蓝狼军团不如继续寻找能量块，因为他推测能量块绝不会如此轻而易举地被蓝狼军团找到。

"咱们必须继续寻找能量块，不过绝不能像现在这样盲目地寻找了。"秦天说，"咱们必须找到一位知情者，说服他给咱们带路。"

"知情者，到哪里去找知情者？"亚历山大瞪着圆眼。

"远在天边,近在眼前。"秦天的心中已经有了一个人选。冥冥之中,他感觉到这个人拥有超凡的能力,而且只有他能帮到红狮军团。

阿兰的好奇心被激发出来,急迫地问:"是谁?快说呀!"

"史瑞夫!"秦天说。

红狮军团决定去找史瑞夫,而蓝狼军团则要去见一位怪异的老妇人。

在哈勃拉村的破屋子里,蓝狼军团倒在几乎快要塌掉的床上睡了一夜。雷特睡得最香,鼾声在村子的上空回荡,估计整个村的村民都被他吵得没睡好。

一大早,蓝狼军团被狗叫声和羊叫声吵醒。村里几乎每家每户都养了上百只羊,怪不得整个村子都充溢着羊膻味呢!美佳掀开散发着臭气的被子,伸了一个懒腰说:"昨晚我快被这被子的臭味熏得窒息了。"

"我有先见之明,根本就没盖被子。"艾丽丝忍受不了被子所散发出的怪怪的臭味,情愿冻了一宿。

"苏珊不是说今天要带咱们去见巫师吗?她怎么还不来?"凯瑟琳站在门口向外张望。

话音刚落,便有汽车行驶的声音传来了。很快,一辆汽车停在院子的门口。苏珊从车上走下来,手里提着一个大袋子。

"我给你们带早餐来了。"苏珊走进屋子,将袋子放在一张布满污垢的桌子上。

"你还真够意思。"雷特兴奋起来,"我看看是什么好吃的。"他迫不及待地打开袋子。

袋子里放着十几张馕,这是当地人经常吃的一种主食。此外,里面还有几斤烤羊肉。雷特将羊肉往馕里面一夹,大口地吃起来。才咬了一口,他便伸出大拇指称赞道:"绝对是难得的美味,好吃!"

其他人看到雷特吃得满嘴流油,都被馋得流出了口水,伸手争相去拿食物。苏珊带来的这些食物,本来是计划当作早晨和中午两顿的口粮,可是没想到只是一顿饭,就被这些人一扫而光了。

"你怎么不多带一些?"雷特似乎还很不满意。

苏珊伸出手:"钱呢?你们给我的佣金可是我的劳务费,并没有包括吃饭的钱,这些食物可是用我自己的钱垫付的。"

"真是小气鬼!"雷特擦着嘴上的油,"我们给你的佣金都快够你花半辈子的了,给我们买一顿早餐还好意思向我们伸手要钱。"

"话可不能这样说。"苏珊有些不高兴了,"亲兄弟还要明算账呢!何况,咱们只是雇佣关系。"

苏珊跟雷特较真起来。布鲁克赶紧解围,他对苏珊说:"你放心,我会额外再付给你一笔钱的。现在关键的是,你快点带我们去见那位巫师。咱们必须抓紧时间找到能量块。"

昨晚,布鲁克做了一个梦:在大漠中,他们发现了一个隐藏了数千年的古墓,而能量块就在那座古墓之中。正当他们拿到能量块准备离开的时候,红狮军团突然出现了。

虽然只是一个梦,但布鲁克越来越不安起来。他担心红狮军团会追踪而来,破坏他们的行动。所以,布鲁克催促苏珊赶紧带他们去见巫师,希望能尽快找到能量块。

"你们收拾好东西跟我走吧!"苏珊转身离开屋子,到外面的汽车里去等蓝狼军团了。

蓝狼军团并没有什么东西好收拾,背起背包便紧跟出来。苏珊也没有说话,便发动汽车直接出发了。泰勒驾驶汽车紧跟在苏珊的后面,驶出了哈勃拉村。

"苏珊要带咱们去哪里?"美佳有些不放心。她担心苏珊会耍花样,收了他们的钱却不为他们做事。

美佳的担心绝非多余,这是在苏珊的地盘,如果她设下圈套将蓝狼军团引入其中,那可就叫天天不应叫地地不灵了。

"跟紧点!"布鲁克叮嘱泰勒。他也担心苏珊会耍花招。

苏珊开得很快,而乡村的土路坑坑洼洼,所以坐在车里的人被颠得翻江倒海,刚刚吃过的饭差点吐出来。

"苏珊是故意的吧!明明知道咱们刚刚吃了一肚子油

腻的东西，还开得这么快！"雷特说。

虽然大家和雷特的感受相同，但没人应和他的话。汽车行驶大约半小时后，驶入了另一个村庄。这个村子看起来很贫穷，房子和围墙都是用泥土堆成的，路上散落着羊粪球。

苏珊的汽车停在村子里最穷的一户人家前，因为这家是村子里唯一没有围墙的。这家之所以没有围墙，主要是因为家里一贫如洗，根本没有任何值得小偷惦记的东西。而其他人家之所以有围墙，是因为院子里有很多牛羊。

"就是这里吗？"下车后，艾丽丝怀疑地问。

苏珊点点头："你们跟我进去吧！"

蓝狼军团跟在苏珊的身后，向泥土堆成的破房子走去。两扇木门虚掩着，苏珊轻轻地敲了敲门。

"谁呀？"屋里传来苍老的声音，就像是从坟墓里传出来的一样。

苏珊答道："希玛，我是苏珊。"

"是苏珊呀，进来吧！"

苏珊推开门，轻轻地走进去。她示意蓝狼军团也放轻脚步，不要惊扰了屋内的老者。

掀起一道门帘，蓝狼军团跟在苏珊身后，进入屋内。他们看到一位身穿黑色袍子的老妇盘腿坐在床上，蓬乱的头发遮住了她的面容。老妇的手中拿着一个叫不上名字的东西，看上去应该是宗教上的一种器物。

"苏珊，你来找我有什么事呀？"老妇始终闭着眼睛。

"希玛，我是来找你帮忙的。"苏珊说，"我知道你也一直在等待这个机会。"

苏珊此话一出，希玛突然睁开了眼睛。她直勾勾地看着苏珊："你这话是什么意思？"

第十六章

村野老妇

"虽然几十年来村里人都把你当作怪人,以至于您终身未嫁,但我知道您绝不是什么怪人。"苏珊靠近希玛说,"我知道您的身上有一种神奇的力量,能够知道过去发生的事情,哪怕是几千年前的事情。"

"即使我能知道过去发生的事情,那又有什么用。"希玛说,"没有人会相信我的,人们只相信书上所记载的历史,不会相信一个疯疯癫癫、又脏又臭的老太婆的话。"

"我相信!"苏珊转过头看着蓝狼军团,"还有,他们也信。"

在当地人看来,希玛是一个怪人。自从希玛会说话开始,她就不停地向人们讲述几百甚至几千年前发生的事情,似乎她是来自那个时代的人。人们嘲笑希玛是个疯子,但也有极少数人认为希玛具有神奇的力量,将她

看作天生的巫师，比如苏珊就是这样认为的。

"你们相信我又有什么用？"希玛再次闭上了眼睛，"我活不了多久了。也许死后，我能够回到属于我的星球。"

在希玛的心中她从未将自己视为地球人，这是她大脑中的记忆告诉她的。在希玛的脑海中总是浮现出一幅画面，那时她还是一个女孩，乘坐飞碟与父亲一起来到地球。她还模模糊糊地记得还有一个小男孩，也许是自己的哥哥。

"希玛，你知道能量块藏在哪里，对不对？"苏珊问，"只要找到能量块，你就能回到自己的星球了。"苏珊指着身后的蓝狼军团，"他们会利用能量块制造出可以穿越星际的飞船，送你回家。"

希玛的眼睛再次睁开，且冒出了希望的光。希玛当然知道能量块藏在哪里，因为能量块就是他父亲藏起来的。当时，希玛和那个小男孩都在场。希玛还记得，父亲是奉命来地球建造导航塔的。再后来的记忆便出现了断层，她知道自己不可能从几千年前一直活到现在，目

前的记忆是重新轮回到人间后残留的片段而已。

"如果你们真能帮我回到属于我的星球,我愿意带你们去寻找能量块。"希玛的情绪有些激动,为了这一天她已经等了不知道多少年。

比希玛更激动的是蓝狼军团,他们没想到在这样一个破村子里竟然隐藏着一位如此怪异的老妇。如果她真的知道能量块藏在哪里,那么这次行动就要大功告成了。

布鲁克异常激动地问:"能量块在哪儿?是不是在金字塔里?"

希玛点点头:"能量块当然在金字塔里,因为它所具有的超强能量能够形成强大的磁场,指引着外星飞船降落。金字塔其实就是外星人的导航塔,而之所以将法老的尸体埋葬于此,不过是为了掩人耳目而已。"

"咱们的判断果然没错!"艾丽丝激动地说,"能量块肯定在那个最大的胡夫金字塔中,而且不是在国王墓室,就是在王后墓室。"

希玛冷笑了一声,不停地摇着头。

"错！错！错！按照你们现在的思路，永远也别想找到能量块。"

蓝狼军团不解地看着希玛。

"能量块是在金字塔里，不过它并不在任何一个你们能看到的金字塔中。"希玛说。

蓝狼军团更迷惑了，他们想难道这个世界上还有未被发现的金字塔吗？

希玛继续说："你们所能看到的金字塔都是在地上的，其实那也是外星人为了掩人耳目所建造的，目的就是避免遭到人类的破坏。真正的导航金字塔不是建在地上，而是地下，而且比你们所见到的任何一座金字塔都要大几倍。"

此言一出，蓝狼军团瞠目结舌，打死他们也不会想到在这个地球上竟然还隐藏着如此令人震惊的秘密。看来外星人充满了对地球人的不信任和敌意，虽然他们暂时离开地球，但却在地球的隐蔽之处埋下了导航塔，说不定哪天便会在其指引下重返地球。

"地下金字塔在哪儿？"布鲁克问。

希玛抬头看着布鲁克，说道："地下金字塔在撒哈拉沙漠。"

"撒哈拉沙漠那么大，你倒是说个具体的位置。"雷特急躁起来。

布鲁克狠狠地瞪了雷特一眼，示意他不要乱说话，以免得罪了希玛。

希玛并没有因为雷特的话而生气，她只是微闭着眼睛说："我也说不出具体的位置，因为在我的记忆中到处都是沙海，根本不知道自己身处何处。"

"这不是等于没说吗？"雷特没控制住自己，"撒哈拉沙漠是世界上最大的沙漠，几乎占据了整个非洲北部。那个鬼地方寸草不生，你不会是想把我们骗进去，让我们自生自灭吧？"

"闭上你的臭嘴！"布鲁克生气了，"希玛，对不起！我为他的无礼向您道歉。"

希玛仍然没有生气，始终是那样平静如水，估计这

个世界上已经找不到可以掀起她内心波澜的东西了。当然,那个隐藏在地下金字塔的能量块除外。

"他说的没错!"希玛又闭上了眼睛,"撒哈拉沙漠中充满危险,所以外星人才会把导航塔建在那里,否则岂不是谁都可以轻易对导航塔进行破坏了吗?不过,你们放心。虽然我不知道地下金字塔的确切位置,但我能感应到它就在埃及境内的撒哈拉沙漠地区。只要进入到沙漠中,直觉便会指引我找到它。"

听了希玛的话,美佳觉得有些不对劲。她试探性地问:"既然您能感应到地下金字塔的位置,那为什么以前您不去寻找它,拿到能量块呢?"

"找到地下金字塔只是第一步。"希玛说,"地下金字塔中机关重重,像我这样一个老太婆根本无法拿到能量块。即使拿到能量块又能怎样呢?我也制造不出能把我送到外太空的飞行器。"

此言确实不假,通过蓝狼军团的观察,希玛已经年老体衰,根本没有能力进入撒哈拉沙漠。而且,希玛虽

然在记忆中知道自己来自外星球,但她却并未掌握外星球的科技,只是一位村野老妇。

"现在我们就带你去撒哈拉沙漠。"布鲁克说。

希玛依旧盘腿坐在床上不动。

苏珊知道希玛在想什么,她替希玛问道:"你们要保证,得到能量块后要想办法帮助希玛回到外星球。"

布鲁克毫不犹豫地说:"那是自然,这是咱们之间的交易原则。"其实,布鲁克的心里在想,只要我们拿到能量块,一切就由我们说了算了。到时候,你这个老太婆又能奈我何?

希玛再次睁开眼睛:"好吧,我带你们去!不过,你们记住,如果你们违背自己的诺言,你们将会死无葬身之地。"

听了希玛的诅咒,布鲁克不由得打了一个寒战。冥冥之中,他感觉到希玛的诅咒像一股寒冷的气流侵入自己的身体。布鲁克暗暗告诉自己,这一切都是心理作用,不必自己吓自己。

希玛终于从那张又破又脏的床上走下来,穿上一双污迹斑斑的鞋子,准备跟随蓝狼军团出发了。

"祝你们一路顺风,早日找到能量块。"苏珊说。

雷特看着苏珊:"你不跟我们一起去吗?"

"你们可没有额外付钱给我。"苏珊摇着头,"即使你们再付一笔钱给我,我也不会去撒哈拉沙漠这种鬼地方的。"

布鲁克想,既然他们已经找到希玛,苏珊是否随行已经不重要了。于是,他也没有勉强苏珊。

希玛坐进蓝狼军团的汽车,她仍然是那副平静如水的表情,没有人猜得透她在想什么。

汽车很快开动起来,驶出村庄,向着撒哈拉沙漠的方向开去了。

"你确定地下金字塔就在撒哈拉沙漠中?"艾丽丝不放心地问。

"如果你们不相信我,随时可以回去。"希玛始终闭着眼睛,根本不看路,更不看与她同行的蓝狼军团。

中途,蓝狼军团在所经过的城镇中,购买了一些沙漠生存必备的物品。作为曾经的特种兵,他们虽然身经百战,但很少有机会在沙漠中执行作战任务。所以,这次撒哈拉沙漠之行,对他们来说绝对是一次严峻的考验。

希玛所说的话是真的吗?她不会只是一个疯疯癫癫、有着妄想症的老太婆吧?

也许苏珊想利用这个疯婆子,将蓝狼军团送入万劫不复之地,轻松地获得他们的佣金,也说不定。

第十七章 可靠的情报

红狮军团和阿兰相遇之后,决定一起行动。秦天感觉到史瑞夫的身上有很多秘密,他很有可能知道能量块的下落。于是,他们返回到金字塔中去找史瑞夫。可是,他们在金字塔里转了半天,也没有再见到史瑞夫的踪影。

"咱们不想见他的时候,他会突然出现在你面前;咱们想见他的时候,他却消失不见了。"朱莉说,"咱们也别着急,说不定什么时候他又会自己冒出来了。"

亨特皱着眉:"能不着急吗?时间不等人,咱们必须尽快找到史瑞夫。"

"也许有一个人可以帮到咱们。"秦天突然说,"还记得那个锦葵汤餐馆的店主吗?他的消息很灵通,也许从他那里可以得到消息。"

"对呀!我怎么就没想到呢!"亨特立即做出决定,

迅速赶往那家小饭店。

"几位,又来吃锦葵汤了,欢迎呀!"店主看到红狮军团高兴地迎上来。上次,亨特给了他不少小费。今天,他也盼着能赚点外快呢!

"先给我们一人来一大碗。"亨特说。

詹姆斯沉不住气了:"咱们不是来打听消息的吗?怎么又吃开了?"

"反正已经来了,这么好吃的锦葵汤可不能错过。"亚历山大笑着说。

店主走向后厨,布鲁克朝着秦天比画了一个手势。秦天立刻起身,跟在店主的身后,进入后厨。劳拉不放心,也跟着走了过去,站在门口的位置把风。

"老板!"秦天伸手拍了一下正在低头忙碌的店主。

店主转身,惊讶地问:"你怎么到后厨来了?"

"其实,这次我们不是来吃锦葵汤的。"秦天看着店主说,"我们是想向你打听一件事情。"

"什么事情?"店主变得谨慎起来。

"你知道史瑞夫在哪里吗?"秦天问。

店主连连摇头:"他这个人神出鬼没,估计在整个埃及都没有人知道他在什么地方。"

秦天冷笑一声,从口袋里掏出一沓大钞,塞到店主的手里。"我不会亏待你的。"

店主像拿到了烫手的山芋,赶紧把钱塞回到秦天的手中。见钱不拿,可不是这位贪婪店主的风格。秦天想,看来他是真的不知道史瑞夫在哪儿。秦天从口袋里又掏出一沓钱,与原先的钱放在一起再次把钱塞到店主的手里。

"实话说吧,我们是来找能量块的。如果你知道什么信息可以告诉我,这些钱就算我们购买信息的费用。"秦天说。

"你们也是来找能量块的?"店主瞪着眼睛。

"怎么,最近来找能量块的人很多吗?"

店主摇摇头:"也不是很多,前几天苏珊带着几个人来这里吃饭。他们也是来找能量块的。"

上次吃饭的时候,红狮军团就听店主提起过苏珊。

他们知道苏珊很有可能是蓝狼军团在埃及雇用的导游。秦天想,既然找不到史瑞夫,也许找到那个苏珊,也是一个不错的突破口。

"你知道苏珊在哪儿吗?"

店主点点头:"她就在穆罕穆德公寓五号楼三单元。"

秦天朝店主示以微笑:"谢了,也许以后还会需要你的帮助。"说完,秦天转身走了出来。店主看着秦天的背影,将钞票装进口袋里。

"怎么样,有史瑞夫的下落了吗?"劳拉问。

秦天摇头:"不过,咱们可以去找另一个人。"来到餐桌旁,他对大家说:"走吧,咱们必须马上行动。"

"锦葵汤还没上来呢,这就走呀?"显然,亚历山大很不乐意。

"快走!"亨特站起身,"等完成任务,我请你喝一锅,想不喝都不行。"

二十分钟后,红狮军团来到苏珊的住处。亨特做了周密的分工:詹姆斯和阿兰负责在单元门的出口处守

候；秦天和劳拉来到楼后，以防苏珊从后窗逃离；他则带着朱莉和亚历山大直奔苏珊的家。

苏珊刚刚从那个小村子回家不久。她洗了澡，正坐在沙发上看电视。"这次的买卖真不错，轻轻松松地赚了一大笔。"苏珊擦着头发，美滋滋地说。

"叮咚——"

门铃响了。苏珊警觉地裹好浴巾，心想谁会在这个时候来找自己呢？莫非是蓝狼军团又回来了？她蹑手蹑脚地走到门前，从门镜中向外看。一位漂亮的女生出现在视线中。因为门外是女生，苏珊的警惕性一下子放松了。但是，苏珊仍然没有说话，只是静静地看着门外，想进一步观察外面的人。

"叮咚——叮咚——"

门外的女生又按了两下门铃。

苏珊这才问道："是谁呀？"

"送快递的。"门外的女生答。

苏珊仔细想了想，自己好像最近一段时间并没有从

网上购物。于是,她又问道:"是什么东西呀?"

外面的女生拿起一个快递的袋子在门镜前晃了晃:"好像是一份文件。"

苏珊想谁会给自己寄送文件呢?她的警惕性很高,说道:"你把快递放在门口就可以了。"

"对不起,这份快递是到付,你需要支付十元邮费。"门外的女生说。

苏珊很好奇快递到底是什么东西。于是,她将门拉开一条小缝,将十元钱塞出去。"你把快递也塞给我吧!"她说。

突然,门被猛烈地撞了一下,苏珊根本无力抵抗,门便被撞开了。门外的女生快速进入屋内,在她的身后还跟着两位男生,其中一位壮得像头牛,门就是被他撞开的。

"你们是谁?要干什么?"

苏珊紧张地裹着浴巾,连连向后倒退,靠到一张桌子上。她的一只手伸到背后,悄悄地去拉抽屉,打算拿

出藏在里面的手枪。

朱莉已经将手枪对准苏珊,阴森森地说:"你最好不要搞小动作,否则就别怪我不客气了。"

苏珊吓得又把手缩回来,怯生生地问:"你们到底是谁?"

"别管我们是谁?只要你乖乖地回答我们几个问题。我保证你毫发无损。"朱莉眯着眼睛说。

亨特和亚历山大干脆坐到沙发上,各自倒了一杯苏珊刚刚煮好还没来得及喝的咖啡。他们一边喝着咖啡,一边看着朱莉审问苏珊。

"你是不是蓝狼军团在埃及雇用的导游?"朱莉问。

苏珊先是摇摇头,然后又点了点头。她想既然这几个人已经找上门来,就肯定是来者不善,还是不要撒谎为好。

朱莉接着问:"第二个问题,蓝狼军团现在去哪里了?"

"这个——"苏珊迟疑了一下。

朱莉上前一步来到苏珊的跟前,将枪口顶在她的头

上。"别耍花样,要是有一句是假话,我的子弹就会出膛。"

苏珊被吓出一身冷汗,磕磕巴巴地说:"他们去撒哈拉沙漠了。"

这个回答令红狮军团感到意外,以至于朱莉以为苏珊在撒谎。她的枪口用力戳了苏珊的脑袋一下:"你是不是不想活了,竟然敢撒谎。"

"我发誓,我所说的句句是实话。"苏珊举起手。

亨特沉不住气了,站起来问:"他们到撒哈拉沙漠去做什么?"

"他们去那里找能量块了。"

"能量块在撒哈拉沙漠?"亨特问。

"是的!"苏珊不敢说谎,"是希玛带他们去的,能量块就在撒哈拉沙漠中的地下金字塔里。"

"希玛又是谁?"亨特有些兴奋。

苏珊便将有关希玛的故事,以及她和蓝狼军团所达成的协议讲了一遍。听完苏珊的话,亨特决定立即赶往撒哈拉沙漠,绝对不能让蓝狼军团先找到能量块。

第十八章

同行者

离开苏珊的家,红狮军团准备去采购一些在沙漠中生存必备的物资,然后驾驶汽车驶入大漠,去寻找能量块。

"有了这些东西,咱们至少能在沙漠里坚持半个月。"亚历山大提着一大袋东西,兴奋地从户外用品店走出来。其他人的手里也都提着或多或少的东西。阿兰走在最前面,赶紧去开车门。

"啊——"当她拉开车门的时候,不禁惊恐地大叫一声。

"怎么了?"詹姆斯一个箭步冲过来。

阿兰指着车里。詹姆斯往车里一看,一位头发、眉毛和胡子都白了的老者竟然坐在车里。这可是奇怪了,刚才他们下车的时候,汽车明明被锁上了呀?

"喂,我说你是谁呀?"詹姆斯质问道,"你怎么能随便坐进别人的车里呢?"

老者坐在车里一动不动,只是不紧不慢地说:"你们不是在到处找我吗?"

随后赶到的秦天听闻此言,不由得一惊。"史瑞夫!"秦天只是看了一眼,便认出了坐在车里的人。

没错,坐在车里的人就是史瑞夫。当你苦苦寻找他的时候,他藏于地球的某个角落让你无处可寻;当你决定放弃的时候,他却突然出现在你的眼前。事情往往就是这样不可思议。

"终于找到你了,史瑞夫!"秦天真想冲上去,抱住这个脏兮兮的老头。

"你们是不是要去撒哈拉沙漠寻找能量块?"史瑞夫问。

秦天连连点头:"没错,您是怎么知道的?"

"其实,我一直在跟踪你们。"史瑞夫说,"我担心你们是金字塔的破坏者,但后来发现你们是要保护金字塔。"

"我们来这里的目的是想阻止蓝狼军团获得能量块,他们会利用能量块制造超级武器,破坏世界和平。"秦天说。

史瑞夫微闭着眼睛:"这些我都知道了。所以,我才

会来帮助你们。"

因为加上史瑞夫，车里已经坐不下了，所以红狮军团只好又去租了一辆四驱越野车。他们分乘两辆汽车，向着撒哈拉沙漠的方向驶去。

秦天驾驶其中一辆汽车，载着劳拉、亚历山大和史瑞夫。史瑞夫的身份一直是个谜，行驶途中正是了解他的好机会。

"请问，您知道能量块具体藏在什么地方吗？"劳拉问。

史瑞夫点点头："我当然知道，那是四千多年前的事情了。当时，父亲驾驶飞船带着我和妹妹从外星球来到地球，降落地点位于埃及境内的撒哈拉沙漠。那时，地球还是一个荒蛮的星球，人们过着食不果腹的生活，到处是战争和奴役……"

原来，史瑞夫的经历竟然与希玛的完全相同。在他的记忆中，自己是来自外星球的人。他清楚地记得，父亲是奉命来地球建造星际飞船的导航塔的。父亲在到达地球之后，与古埃及的国王达成协议。国王负责招募奴隶为他建

造金字塔，而他则帮助国王扩张土地，奴役更多的人。

史瑞夫的父亲和古埃及的国王联手建造了众多的金字塔，而这些金字塔采用了外星科技，所以也就具有了神奇的能量，能够使尸体千年不腐。国王决定将金字塔作为自己死后的墓室，期待着有朝一日能够复活。

"作为导航塔的金字塔实际上建造于撒哈拉沙漠的地下，为了能将导航信号传输到星际太空。当时，父亲将从外星带来的一个拳头大小的能量块放在了金字塔中。"史瑞夫说。

"你认识希玛吗？她为什么也知道能量块被藏在地下金字塔中？"秦天问。

史瑞夫摇着头："我没见过希玛，不知道她是谁。但是，如果她真的知道地下金字塔的位置，那么只有一种可能。"史瑞夫迟疑了片刻，"也许她是我的妹妹。"

"但愿如此！希望你们兄妹能够在几千年后重逢。"秦天说，"更希望你能说服你妹妹，不要再帮助蓝狼军团。"

史瑞夫沉默不语，也许他在想希玛到底会不会是自

己的妹妹。如果在几千年前离开这个世界的人,在几千年后重新轮回到现世之中,而又没有丧失几千年前的记忆,那该是多么不可思议的事情呀!

在撒哈拉沙漠中,此时此刻希玛坐在蓝狼军团的汽车中。冥冥之中,她感觉到将有意想不到的事情发生。她说不清即将发生的事情是好还是坏。不过,她已经感应到自己距离地下金字塔越来越近。

泰勒开着汽车,已经驶入了撒哈拉沙漠的腹地。希玛凭借感觉指引着汽车行驶的方向。

"向右转,行驶十公里。"希玛说。

泰勒立刻向右转动方向盘,车轮扬起一阵尘土。汽车刚刚转过弯来,便一头扎进了沙堆里。

"你怎么这么蠢!"雷特埋怨道,"没看见有沙堆吗?还往上面扎。"

泰勒怒吼道:"你给我闭嘴。"其实,这事的确要怪泰勒。当他听到希玛说向右转的时候,便看也没看就猛地一打方向盘,结果右侧正好有一个不大不小的沙堆。

泰勒赶紧挂上倒挡,猛踩油门,想倒退出来。

"轰轰轰——"汽车发出咆哮声,但车轮在原地打转,车身根本不往后退。

"换成四轮驱动模式。"布鲁克说。

泰勒将汽车转换成四驱模式,继续猛踩油门。汽车的咆哮声更响了,车轮将沙土扬起两米来高,沙地被车轮刨出四个深坑。这次,汽车虽然向后挪动了一点点,但仍然没有从沙堆里倒退出来。

"下车推!"布鲁克带头走下车。他用一只手推着车头,其他人也跟着用力。

泰勒在车上一个劲地踩油门,可结果却是车轮越陷越深。雷特气急败坏,狠狠地朝车头砸了一拳,怒吼道:"咱们不会被困在这个鬼地方吧!"

突然,汽车的发动机熄火了。泰勒焦急地再次点火。"吱吱——"汽车痛苦地呻吟几声,再也无法发动起来。

"都怪你这个蠢货,把汽车砸坏了吧!"泰勒下车,指着雷特的鼻子吼。

"这你都能赖到我头上？"雷特冷笑一声，"你也太高看我拳头的威力了吧！"

"你们别吵了。"布鲁克恼怒地看着雷特和泰勒。

汽车坏在沙漠里，意味着要想找到地下金字塔，他们只能靠两条腿了。

布鲁克转身问希玛："咱们到底离地下金字塔有多远？"

希玛闭着眼睛，头微微抬起，好像在嗅着大漠中干燥的空气。"地下金字塔距离这里应该不会太远了，我的感觉越来越强烈了。"

此时，布鲁克手中的能量探测器也亮起来，说明它已经检测到了强大的能量源。看来希玛说的是真话，布鲁克决定步行去寻找地下金字塔。

"继续向右走，不会超过十公里。"说着，希玛迈开步子向右走去。也不知道她从哪儿冒出来的力气，步子越走越快，好像变成了年轻人。

第十九章 寻找入口

蓝狼军团将背包从车上拿下来，跟在希玛的身后向前走去。每个人的背包都很重，里面装了足够四五天的水和干粮。蓝狼军团在沙漠里行走起来很费力，没多久汗水便浸透了全身。

凯瑟琳拿起胸前的一根软管，放进嘴里。她轻轻一吸，水便顺着软管流进了口腔，滋润着她的喉咙。她不敢多喝，因为接下来不知道还要在沙漠里待几天，所以要尽可能地节约用水。

凯瑟琳之所以能够通过一根软管喝到水，是因为她背着一个水囊，而这根软管是和水囊连接在一起的。水囊是由橡胶材料制作而成的，形状多变，既可以背在身上，也可以做成外套的样子，穿在身上。

希玛一反常态，竟然比这几个训练有素的特种兵走

得还快。

"还有多远?"雷特吃力地跟在后面。

"不远了!"希玛回答。

"你总说不远,但我们却一直在走。"雷特抱怨道,"你不会在耍我们吧?"

"真的不远了。"希玛突然停下来,她的眼睛从来没有睁得像此刻这样大。她四处张望,好像在寻找着什么。

蓝狼军团静静地看着希玛,猜测着她是不是已经找到了地下金字塔的位置。可是,希玛足足站了有十分钟,却一句话也没有说。这可把雷特急坏了,他上前一步问:"地下金字塔的入口是不是就在附近?"

希玛摇摇头:"入口还没有找到,但我已经感觉到了地下金字塔的存在,它应该就在附近。"

"附近?"艾丽丝追问,"到底多远才叫附近?"

"以此为中心,半径一公里的范围内。我敢保证地下金字塔就在这片区域内。"希玛很有把握地说,"我记得为了能够记住地下金字塔的入口,父亲曾经在金字塔入

口的附近建了一个标志物。"

"那个标志物是什么？"大家异口同声地问。

希玛答道："狮身人面像。我清楚地记得那个狮身人面像和我一样高，通身都是金黄色，看上去非常威武。"

"几千年前的狮身人面像估计早就被毁掉了。"凯瑟琳说，"即使没有被毁掉，估计也随着大漠的变迁，被埋在沙地下面了。"

"狮身人面像肯定不会被毁掉。"希玛肯定地说，"它是用从外星带来的特殊材料建造的，别说是几千年，就是几万年、几十万年也不会被毁坏。"

布鲁克不禁有些迷惑，他搞不懂外星人为何建造"狮身人面像"这种怪物作为标志物。希玛的话很快解开了他的疑惑。

希玛告诉大家，狮身人面像的建造材料能发散出强大的磁场。所以，通过磁场感应就可以确定入口的位置。标志物之所以要建造成"狮身人面"的外形，是因为狮子是地球上最凶猛的陆地动物之一，在非洲草原上是百

兽之王。而人则是地球的统治者，虽然没有狮子凶猛，但却充满了智慧。"狮身人面"则是地球上最具智慧的动物和最为凶猛的动物的结合体，意味着当时到达地球的外星人对地球最原始的认识。

听希玛讲了这么多，烈日下的蓝狼军团已经是大汗淋漓了。雷特叼着吸管又喝了一肚子水。他催促道："既然地下金字塔就在附近，咱们就别在此处浪费时间了，赶快行动吧！"

为了节省时间，布鲁克决定分头行动，在不同的方向同时展开搜索。布鲁克和艾丽丝一组，向南；泰勒和凯瑟琳一组，向北；美佳和希玛一组，向东；没人愿意跟雷特搭档，所以只剩下他一个人，独自向西。

雷特慢慢悠悠地向西走着，嘴里不停地骂道："这群势利眼，总是瞧不起我。总有一天，我会让你们知道我的厉害。"

雷特还盘算着，要是他先找到了地下金字塔的入口，绝不会通知其他人，而是悄悄地进入将能量块带走。然

后,他会将能量块当作邀功的砝码,换取大笔的佣金。而其他几个令他讨厌的家伙则会因为没有走出大漠,被风沙所吞噬,变成一具具骷髅。想到这里,雷特竟然禁不住阴险地笑起来。

只顾着胡思乱想,雷特走了好一段路程也没有发现任何值得注意的东西。他爬上一座小沙丘,将手搭在额头放眼四望,目光所到之处尽是遍地的黄沙,连一丝绿色都无法寻到。雷特想,在这个鬼地方万一水喝没了,就只有死路一条了。他决定,如果两天之内找不到地下金字塔,说什么也要离开这里。

雷特试图在沙地中找出与众不同的地点,也许在那种地方找到地下金字塔入口的可能性会更大。但是,很快他便绝望了。到处都是一模一样的景象,大大小小的沙丘,就像一座座坟冢林立在大漠之中。

从沙丘上走下来,雷特继续往前走。他观察着脚下的路,有时还会跳几下,希望能把地下金字塔的入口跳出来。但是,这一切都是徒劳,只是白白地浪费体力。

雷特有些迷茫,他不知道这样漫无边际地寻找会不会有结果。没多久,他便走了一公里远。如果按照希玛所说,地下金字塔应该就在一公里的范围内。所以,雷特转身开始往回走,沿着另一条路线继续寻找。突然,他看到前方的沙丘下有一个拳头大小的洞口。这让雷特有些兴奋,他快速地跑了过去。

"这个鬼地方从没见过动物,估计这个洞绝不会是老鼠或者刺猬之类的小动物挖的,说不定地下金字塔的入口就在这里。"雷特自言自语。

想到这里,雷特决定动手向下挖。就在手刚刚接触到沙子的瞬间,他便停了下来。雷特并不是一个酒囊饭袋,他曾经在特种部队接受过严格的野外生存训练。他认为自己刚才的行为有些鲁莽了,因为万一洞里藏着什么有毒的动物,自己可就惨了。

雷特停下来,仔细观察洞口周围。他是在寻找动物行走或爬行的痕迹。结果,在洞口周围几米的范围内除了他的脚印,就再也没有任何痕迹了。经过仔细观察之

后，雷特这才放心。同时，这也使他更加确信，地下金字塔的入口就在这里。

沙地很软，雷特很快就将洞口周围的沙子挖开。别看洞口很小，可是越往里挖洞穴越大。

"不会真的让我捡到大便宜了吧？"雷特兴奋地自言自语。他将手伸进洞里，想试探一下洞到底有多深。整条胳膊都伸进去了，雷特感觉还没有碰到底，这让他更加兴奋了。

咦，怎么有一个软绵绵的东西？雷特的手一抖，赶紧从洞里收回来。凭他的经验，能感觉到那软绵绵的东西是一个活物，因为雷特戴着手套，所以并没有直接摸到那个东西上，也就无法判断它到底是什么东西。

第二十章

陷入危机

雷特将子弹推上枪膛,然后将枪口伸进了洞里,毫不犹豫地扣动了扳机。一声闷响过后,洞里并没有发出任何叫声。雷特不放心,又接连朝洞里开了几枪。

"雷特,你那里什么情况?"对讲机里传来布鲁克的声音。

雷特眼珠一转,回答道:"没什么情况,我就是看见一只沙鼠,想把它射死。"

"你有病呀!"布鲁克很生气,"没事别乱开枪。万一红狮军团也来到了沙漠,肯定会听到枪声,找到这里来的。"

"哦!我知道了。"雷特答道。

被布鲁克训斥了几句,雷特有些不高兴。

反正洞里的东西应该被打死了,雷特放心大胆地继

续挖起来。没挖几下,他看到一个沙黄色的东西扭动着身体向外爬出来。雷特吓得顿时跳起来,又向后跳了几步。此时,那东西已经爬出洞口。雷特定睛一看,原来是一条蛇。

"角蝰蛇!"雷特情不自禁地叫出了这种蛇的名字。他被吓出了一身冷汗,因为角蝰蛇是剧毒的蛇,刚才没被它咬上一口真是万幸。

这条角蝰蛇的身上正在流血,显然是被雷特刚才发射的子弹射伤了。雷特不敢再开枪,只是走上前去,一脚踩住蛇的"七寸"。俗话说:打蛇打七寸。这里的"七寸"指的是舌头向后七寸的位置,也就是蛇要攻击人时,头部抬起刚好离开地面的位置。这个位置是蛇的要害。

雷特踩在蛇的"七寸"上用力碾压,这条已经受伤的角蝰蛇很快就一命呜呼了。当然,如果这条蛇没有受伤,雷特也不会轻而易举地踩到它。将蛇消灭之后,雷特长出了一口气。刚才他的手伸进洞里时,这条蛇之所以没有咬伤他,是因为这条蛇在不久前刚刚吞下一只沙

鼠,此时它正在洞里躲避烈日,顺便睡上一觉。

洞里爬出了蛇,雷特还不死心,他继续往下挖。可是,没挖多久洞就到了尽头。雷特仍然抱有一线希望,又接着向下挖了半米深。最后,他一屁股坐在地上,彻底放弃了,并且遗憾地说:"原来这就是个老鼠洞呀!"

雷特费了半天劲,竟然一直是在挖老鼠洞。他把自己仰面朝天地摔在沙地上,虽然烈日当头照,但人却已经心灰意冷。

"这里根本就不会有什么地下金字塔,我们都被那个老太婆耍了。"雷特恼怒地自言自语,"她无非是想在死去之前,拉上几个人垫背而已。"

雷特彻底泄气了,他干脆找了一个大沙丘,躺到背阳面呼呼大睡起来。

当雷特睁开眼睛的时候,天色已经昏暗下来。对讲机里传来布鲁克的喊声:"雷特,你死哪儿去了!听到呼叫立即回答!"

原来,雷特是被对讲机里传来的声音吵醒的,从布

鲁克的语气判断,他已经呼叫不止一次了。雷特赶紧回答:"我一直在找,现在还没找到。"

"你骗谁呀?"布鲁克吼道,"天都黑了,还不见你的影子,是不是躲到哪里睡觉去了?"

雷特赶紧站起身来,拍拍身上的沙子,唯恐被其他人看出了破绽。"你们在哪儿,我马上就过去。"

"在最开始的出发点。"布鲁克说。

雷特看到远处有手电筒的光线"三长两短"地闪了几下,这是蓝狼军团之间的联络信号。朝着光线闪烁的位置,雷特走了过去。

"雷特,你那边有什么收获?"雷特刚刚走过来,艾丽丝便迫不及待地问。

"你那边呢?"雷特没有回答,而是反问道。

"一无所获!"艾丽丝摊开双手说。

雷特的心里踏实了很多,说:"我也一样。"

布鲁克失望地看着希玛:"你确定地下金字塔的入口就在附近吗?"

希玛坐在沙地上,手中不停地摇晃着一个法器,闭着眼睛说:"绝不会错的。"

"既然没错,为什么我们把附近都找遍了,也没有发现入口?"雷特气势汹汹地问,"你是不是和苏珊串通好了,想把我们骗到这里置于死地,然后轻松地获得我们的佣金。"

"苏珊拿了你们多少钱,我不知道。反正,我没拿你们一分钱。"希玛平静地说,"钱对我来说如同厕纸,除了擦屁股用,根本想不出第二种用途。"

雷特还要继续逼问,却被布鲁克阻止了。他递给希玛一些干粮和水:"您别跟这个没礼貌的小子计较,今晚好好休息一下,明天咱们继续寻找。"

草草地吃过晚饭,大家准备睡觉了。沙漠里昼夜温差很大,白天能到四十度,甚至是五十度,而夜晚则会骤降到十几度,甚至几度。

蓝狼军团在一座大沙丘的后面,找到了一个背风的位置,将睡袋铺在地上便钻进去睡觉了。

美佳给希玛铺了一条睡袋,但是希玛并没有躺进去,而是盘腿坐在上面,紧紧地闭上了眼睛。多年来,希玛一直是这样睡觉的。不睡觉的时候,大多数时间她也是这样闭着眼睛冥想。冥想令希玛有一种灵魂出窍的感觉,仿佛自己与这个世界隔离开来,置身于一个属于自己的超脱世界。

大漠上的夜空是透明的,月亮皎洁如挂在街边的路灯。也许是白天太累了,蓝狼军团在不久后便昏沉沉地睡着了。希玛处于空灵状态,耳边吹过微微的凉风,似乎将她的灵魂一起吹走了。

被吹走了灵魂的希玛,如同一个躯壳坐在睡袋上一动不动。风越吹越大,沙尘从地面扬起。到后来,地面上的沙粒也被吹起来,打在希玛的脸上,如针扎般地疼。希玛睁开眼睛,仰望星空,漫天的沙尘已经遮住了月光,今晚注定是一个不平凡的夜晚。她推了推睡在自己身边的美佳:"快起来,沙漠风暴来了。"

美佳的警觉性很高,只被希玛推了一下,便坐起来。

她刚要张嘴说话,风卷着黄沙便灌进了她的嘴里。

"呸呸!"美佳连吐了好几口,也没有吐干净嘴里的沙子。她赶紧将套在脖子上的防风围巾向上拉起,将口鼻遮挡住。

"快起来,都快起来!"美佳大喊。她看到沙丘在狂风的作用下,竟然在慢慢地移动,如若不能及时醒来,想必他们会被移动的沙丘吞噬了。

在美佳的高呼下,蓝狼军团一个接一个地醒来。他们无一不惊慌失措,赶紧从睡袋里钻出来,抓紧时间收拾东西,躲开正在移动的沙丘。

沙漠风暴来得太突然,它能轻而易举地扼杀一切生命,而且不会留下任何痕迹。如果不是希玛及时发现了沙漠风暴,也许后人连蓝狼军团的尸骨都不会见到,因为他们早已被埋在了沙丘下。

逃离吞人的沙丘,蓝狼军团背着装备无处可藏,因为整个大漠都笼罩在了风暴之中。肆虐的狂风将大漠变成了天昏地暗、日月无光的世界。作为野外生存经验丰

富的老兵,蓝狼军团在进入大漠前做好了充足的准备。防风围巾将他们的口鼻遮住,护目镜把眼睛护得严严实实,就连耳朵都用棉球塞死了。

即便有了这样的防护,他们还是感觉到无法忍受夹杂着沙粒的狂风。希玛站在沙漠风暴中一动不动,她仿佛具有沙漠动物的特殊本领,比如骆驼在遇到沙漠风暴时会闭上眼睛,鼻孔也会自动闭合。希玛的器官当然不可能进化成和沙漠动物的器官一样。但是,她的确对狂风和沙尘毫不畏惧。她一直在仰望着天空,任凭沙粒拍打着面颊,就是如雕塑一般矗立不动。

美佳用一条防风围巾帮希玛将脸围住。希玛仍然保持原来的姿势,迎风不动。她观察着星空的变化,好像在等待着什么事情发生。

突然,一阵旋风平地而起,将沙尘卷起形成了螺旋状。旋风在极短的时间内便发展成为龙卷风,将一座座小沙丘卷向了天空。

沙漠龙卷风的威力令人震惊,它卷起的黄沙连接天

地，就像在天地之间建造了一条穿越通道。蓝狼军团见状吓得快速奔逃，生怕被卷入其中。

"快躲开！"美佳一把拉住矗立不动的希玛。

希玛似乎对沙漠龙卷风并不畏惧，她甚至是在享受着这一时刻。任凭美佳如何拖拽，希玛就是不肯迈开步子。

无奈，美佳只好放弃希玛，独自逃离。龙卷风呼啸而来，眼看着就要从希玛的身上卷过。如果希玛再不闪开，她必定会被卷入其中，随着强大的风力被抛到高空。

"希玛——"美佳声嘶力竭地大喊着。

希玛不听也不看，她张开双臂，就像一只即将展翅飞翔的鸟儿。她在等待着龙卷风从自己的身上卷过，将自己带离地球。

第二十一章

陷入沙海

眼看着希玛就要被龙卷风吞噬了,蓝狼军团心急如焚。如果希玛死了,他们还能找到地下金字塔吗?还能活着走出撒哈拉沙漠吗?也许这里注定就是蓝狼军团的葬身之地。

龙卷风已经贴到了希玛的面颊,即将包裹她的全身。威力巨大的沙漠龙卷风足可以卷起这样一位干瘪的老太婆。可是,奇迹发生了。就在龙卷风即将吞噬希玛的瞬间,风力突然消失,被卷起的漫天黄沙哗啦啦地落下,如同下起了一场沙雨。

黄沙落下,形成一个小沙堆,将希玛埋在其中,只露出一个脑袋。蓝狼军团赶紧跑过去,用手将希玛刨出来。此时的希玛已经变成一个"沙雕",而且是一个疯狂的"沙雕"。

"哈哈哈——"希玛发出阵阵令人毛骨悚然的笑声。

"你没事吧？希玛！"美佳问。同时，她用力地晃了晃希玛的身体。

"我没事，哈哈——"话还没说完，希玛又大笑起来。

"疯了，疯了，她疯了！"雷特看着希玛说。

"我没疯。"希玛手指着不远处，"你们看，那是什么？"

顺着希玛所指的方向看去，蓝狼军团模模糊糊地看到了一座雕塑。

"狮身人面像！"凯瑟琳突然大喊。

艾丽丝跟着说："没错，是狮身人面像。"

蓝狼军团朝狮身人面像跑去，他们万万没有想到一阵龙卷风过后，狮身人面像竟然出现了。

狮身人面像所出现的位置，原来是一座十几米高的沙丘，或者说那是一座小沙山。在沙漠风暴的作用下，沙丘发生了移动；紧接着在龙卷风的席卷下，掩盖狮身人面像的沙子飞上了天。于是，狮身人面像就这样浮出沙面了。

"真是踏破铁鞋无觅处，得来全不费工夫。"跑到狮

身人面像前,雷特兴奋地说。

狮身人面像的表面覆盖着一层厚厚的沙子,美佳用手将沙子划落。虽然历经了几千年风雨,狮身人面像的表面依旧散发着光辉。

在月光下,美佳感觉"人面"上的那双眼睛微微地转动了一下。她感到很奇怪,心想:莫非这尊雕像还有生命不成?

"你看到它的眼睛在动了吗?"美佳问身边的雷特。

雷特盯着雕像的眼睛:"你出现幻觉了吧!它的眼睛根本就没动。"说着,雷特还踮起脚尖,伸手去捅雕像的眼睛。

"别动雕像的眼睛。"身后传来希玛的喊声。

已经晚了,雷特的手捅到了雕像的眼睛。他还得意地跟美佳说:"你看这眼睛明明是假的,怎么会动呢?"

雷特的话音刚落,蓝狼军团便感觉到脚下的沙地开始上下抖动,就像地震发生时的感觉一样。

"怎么回事?"布鲁克异常紧张地说。他的脚陷进沙

地里,拔不出来了。

其他人也是一样,他们的双脚都深深地陷在沙地里,而且随着地面的抖动,下陷的深度还在持续增加。不一会儿,沙子就已经没过他们的膝盖。这好比一不小心踩进泥潭里,越是用力向外拔,就会陷得越深。照此发展下去,用不了多久蓝狼军团就会被沙子吞没。

他们开始害怕,挥舞着双手朝希玛喊:"快想办法救救我们。"

希玛站在几米开外,摇着头说:"我也没有办法,谁让你们动了雕像的眼睛呢!那是触发机关的按钮。"

"你太阴险了。"雷特破口大骂,"这一切都是你的阴谋。你把我们骗到这里,再让我们陷入沙地之中。我们可跟你无冤无仇呀!"

希玛只是微笑地看着正在下陷的蓝狼军团,却不再说一句话了。希玛令人难以揣摩的、无声的、阴险的笑,令蓝狼军团更加恐惧了,那张苍老的脸变得比魔鬼的面容还可怕。

蓝狼军团的腰部以下已经陷入沙中,他们仍然感觉到有一股强大的力量在往下拽他们的身体。这种力量之大,令他们根本无力反抗。随着身体越陷越深,死亡的气息也越来越强烈。

当沙子淹没到胸部的时候,他们开始感觉到呼吸困难了。胸腔在承受着来自沙子的挤压,心脏每跳动一下都要付出更多的努力。

艾丽丝费力地吸着空气,但她仍感觉到喉管像被一只有力的大手掐住了,令她喘不过气来。她的嘴唇发干,眼珠突起,生命奄奄一息。当沙子淹没到下颌的时候,所有人几乎都失去了抗争的力气,大多数人已经开始接受即将死亡的事实了。

只有一个人还未死心,那就是雷特。他将双手高高地举过头顶,口中发出微弱的呼救声:"救命,救命呀!"

希玛的脸上还是那种揣摩不透的笑容,不过她开口说话了:"咱们地下再见吧!"

隐隐约约,雷特听到了希玛的话。他已经没有心力

去想这句话到底是什么意思了。转瞬间，蓝狼军团消失在沙漠表面。他们被邪恶的沙漠所吞噬，在正常人看来是必死无疑了。

见蓝狼军团已经消失在沙漠的表面，希玛这才不慌不忙地朝狮身人面像走去。此时，地面已经不再抖动。希玛站在狮身人面像下，轻轻地抚摸它，就像见到了久别重逢的亲人。

希玛的眼中闪烁着泪光，那是喜悦的泪。她还记得狮身人面像在建造时留下的玄机。希玛走到狮身人面像的后面，抓住狮身的尾巴向里用力一按，然后向右一转。

"咔——咔——咔——"

雕像发出齿轮转动的响声，希玛双眼放光，欣喜地看着狮身人面像。只见，雕像在沙地上慢慢地移动起来。几分钟后，狮身人面像移开后的地面上出现了一个洞口。

洞中向外喷发出一股浓黑的气体，迅速消散在大漠的空气中。希玛迫不及待地进入洞口，沿着台阶向下走去。

第二十二章

激战幽灵

希玛沿着台阶向地下走去,整整走了108个台阶才走到台阶的尽头,到达了一个宽敞的空间。希玛听到了一阵阵痛苦的呻吟声。在漆黑的环境中,希玛摸索着向声音传来的方向走去。

"我是不是已经死了?"雷特睁开眼睛,但四周一片漆黑,看不到任何东西。他感觉到浑身疼痛,骨头好像被摔碎了。

"你的手往哪儿摸!"突然,一位女生吼道。

雷特兴奋地说:"凯瑟琳,你还活着。"

"废话!快把你的咸猪手拿开。我没活着,难道跟你说话的是鬼吗?"凯瑟琳与雷特的过节很深,平时都很少说话的。

雷特赶紧把手缩回来:"咱们没死呀!太好了!这是

在哪里?"

"你们当然没死。这里就是地下金字塔。"希玛苍老的声音传来。

蓝狼军团挣扎着从地上爬起来。布鲁克从挎包里掏出手电筒,光线照在希玛的脸上,他喜出望外地喊道:"希玛!"

其他人跟着也打开手电筒,地下金字塔里立刻亮起来。看着如同宫殿一般的地下建筑物,每个人都惊呆了。

"能量块在哪儿?"布鲁克迫不及待地问。

希玛说:"别着急,这里只是地下金字塔的第一层宫殿,而能量块在最下面的一层。你们跟着我走就行了。"

地下金字塔的结构正好与地上金字塔的相反,它是一个倒着的"金"字,上面宽大,越往下越小。

现在,蓝狼军团和希玛正身处地下金字塔的最上层宫殿中。这里异常宽敞,建筑面积至少有上千平方米。如果按照现在的房地产开发商的算法,把公摊面积也算上,最起码还要再加上两百平方米。

蓝狼军团好奇地照射着地下宫殿,想看看这里面的布局到底是什么样子。

美佳抬头看去,手电筒的光线照射到顶部,变成了分散的光圈。她粗略地算了一下,刚才他们至少是从二十米的高度上掉下来的。

蓝狼军团之所以没有被摔死,是因为在掉落的过程中,他们的身体被宽大的横梁拦阻了一下,然后才掉在地上的。

希玛无心在此处逗留,开始朝前面走去。蓝狼军团紧跟在她的后面,手电筒不停地左右晃动着。他们发现在石壁上雕刻着许多奇形怪状的图案,好像是某种古怪的生物。

美佳盯着石壁上的一个雕刻图案,发现图案上的那种奇怪生物似曾相识。她不知不觉放慢了脚步,竟然朝着石壁上的图案走去。

走近石壁,美佳仔细地观看起来,这才发现图案所表现出的生物竟然和希玛的面容有些相似,怪不得看上

去有些似曾相识呢!

冥冥之中,美佳感觉到有一股无形的力量在吸引着自己,她情不自禁地伸手去触摸雕刻的图案。奇怪,图案明明是石刻的,可美佳却感觉到像摸到了人的皮肤上,而且还有温度。

就在美佳迷惑之际,她发现图案开始向上凸起,一个奇怪生物的面容变得立体起来。美佳吓得面容失色,想把手缩回来,却发现自己的手已经被吸住了。奇怪生物突然张开大嘴,一口将美佳的手臂吞了进去。

"救我,快救我!"美佳惊恐地大喊。

泰勒回头看去,顿时被惊呆了。他一个箭步冲上前去,将枪口对准奇怪生物,果断扣动了扳机。一声枪响过后,奇怪生物的脑门被打出一个洞。美佳趁机将手拉了回来,此时她的手臂已经鲜血淋漓了。

听到枪声,希玛大喊:"快离开这里。"她知道在这枪过后,将会有意想不到的事情发生。

蓝狼军团正要加速离开,宫殿中突然响起怪异的声

音。这声音并不大,但是听到的人却感到头晕眼花,四肢无力。蓝狼军团强撑着身体,才没有倒在地上。

"快堵住耳朵,这是次声波。"希玛喊道。

次声波对于蓝狼军团来说并不陌生,作为曾经的特种兵,他们接触过这种武器。

次声与我们平常听到的声音频率不同,几乎无法被我们的耳朵捕捉到。但是,次声对人体却有着不可估量的伤害。现在,人们已经制造出了次声武器,比如次声炸弹。

次声炸弹爆炸后会产生强大的次声波,它的频率与人的脉搏频率重叠,产生共振,令遭到袭击的人有一种心脏病发作的感觉。现在,蓝狼军团就是这种感觉。尽管他们已经按照希玛的话,堵住了耳朵。但是,却没有感觉到不适的症状有任何缓解。

希玛摇晃起手中的法器,口中念着一种奇怪的咒语,听上去不像是人类的语言。

没多久,浑身无力、头昏脑涨的感觉消失了。蓝狼

军团开始佩服起希玛来,没想到这个干瘪的老太婆还有如此神奇的魔力。

"你们快看!"艾丽丝突然发出一声尖叫。

其他人抬头看去,只见石壁上的那些雕刻竟然动起来。它们挤眉弄眼,一副调皮的样子。没等蓝狼军团反应过来,它们的面目瞬间又变得凶神恶煞起来了。

蓝狼军团不由得将枪紧紧地握在手中,做好了战斗的准备。只是一眨眼的工夫,那些石刻便活生生地从石壁中飞了出来,变成一个个飘舞在空中的幽灵。它们发出令人毛骨悚然的笑声,挥舞着利爪朝蓝狼军团扑来。

布鲁克单手抬起枪,朝着飞向自己的幽灵射击。子弹击中幽灵,使它瞬间在半空中破散,掉落在地上。可是,没有多久,那些破散的碎片又重新聚到一起,恢复为原来的样子,继续朝着布鲁克飞来。

"砰砰砰——"

枪声响成一片,被子弹击中的幽灵虽然暂时破散,

但又在几秒钟后恢复了原形。

幽灵不断地从石壁上飞出,蓝狼军团已经应接不暇。他们形成一个圆形的防御队形,让防线不留任何缺口。但是,还是有一个幽灵冲进蓝狼军团的防线,从背后抓住了艾丽丝。

艾丽丝被幽灵拽起,升入空中。其他人也不敢朝这个幽灵开枪,唯恐误伤艾丽丝。

幽灵将艾丽丝带到了十来米高的空中,然后突然松开。艾丽丝知道自己如果摔在地上,即使不死也会骨断筋折。

第二十三章 逆向思维

艾丽丝惨叫一声从半空中掉落下来，多亏泰勒眼疾手快，冲过去将她接住。

幽灵像漫天飞舞的蝙蝠，朝蓝狼军团围攻而来。希玛快速地转动着手中的法器，叽里咕噜地念着听不懂的咒语。一个幽灵俯冲而来，若隐若现的利爪直奔凯瑟琳的额头。凯瑟琳无处躲藏，虽然知道子弹对它无能为力，但还是别无选择地抬枪朝幽灵扣动了扳机。

"砰！"

枪口喷出一团火焰，子弹射向迎面而来的幽灵。子弹在击中幽灵的瞬间，幽灵便立即破散开来。令凯瑟琳不敢相信的是，这次幽灵没有像以前那样复活，而是彻底地灰飞烟灭了。

"我打死它了。"凯瑟琳兴奋地大喊，"我真的打死

它了。"

"砰!砰!"

美佳和雷特也开枪各自击中一个冲向自己的幽灵。同样令他们兴奋的是,幽灵被子弹击中后便消散在空中了。

子弹似乎被赋予了神奇的魔力,完全与以前不同了。蓝狼军团连续对飘浮在半空中的幽灵进行射击,几乎枪枪命中幽灵。被子弹击中的幽灵相继消散在半空中,刚才还漫天飞舞的幽灵,此时已经所剩无几了。

蓝狼军团开枪击毙了最后几个幽灵,这才有时间喘上一口气。他们发现那些被击毙的幽灵又重新回到石壁的刻画上,变回原来的样子了。要不是看着美佳鲜血淋淋的手臂,他们还真不敢相信刚才所发生的一切。

艾丽丝掏出纱布帮美佳将手臂缠绕起来。虽然美佳的手臂已经染成红色,但是她的伤并不严重。幽灵在吞下她的手臂后,只是用牙齿撕破了表层的皮肉。

"真奇怪,咱们的子弹为什么突然又变得有作用了呢?"艾丽丝迷惑地问。

大家都摇着头,他们和艾丽丝一样感到困惑。

"是我给你们的子弹施了魔咒。"希玛说,"那些石壁上刻画的是一种外星生物,而且已经被施了魔咒。当初在建造地下金字塔的时候,之所以在石壁上刻下这些外星生物的图像并施以魔咒,就是为了让它们攻击不速之客,保护地下金字塔里的能量块。"

听了希玛的话,蓝狼军团才明白了其中的缘由。他们看着那些已经恢复原状的石刻画,真担心它们会再次从石壁中飞出来。

"记住,不要在地下金字塔里乱碰东西。"希玛警告道,"这里不仅机关重重,而且有很多被施了魔咒的外星幽灵。如果你们想活命,就要小心行事。"

经历了刚才的危机,蓝狼军团对希玛的话深信不疑。他们不敢再碰地下金字塔里的任何东西。希玛依旧走在最前面,她看着脚下,小心翼翼地迈着每一步。在第一层大殿的中间位置,希玛停下来。她指着地上的一块大石头说:"搬开它。"

"雷特，你去搬。"布鲁克厉声命令。

"为什么是我？"雷特站在原地不动。他怕搬开石头后，会有什么危险。

布鲁克瞪着雷特："少废话，让你搬，你就搬！"

雷特没有办法，只好壮着胆子走上前去，弯腰去搬那块四四方方的大石头。这块石头有60厘米见方，厚度至少也要有20厘米，所以重量不轻。雷特天生一把神力，瞬间爆发出一股力量将石头从地面搬起来。

"咚！"

石头被雷特扔在一旁，砸裂了铺在地面的几块石头。方石被搬开之后，地面出现一个洞口。洞口的尺寸只比石头小一圈，但足可以容一个人顺利地进出。

洞里面不知道是什么样子，蓝狼军团担心里面会跳出什么可怕的东西，所以不由自主地向后退了几步。唯独希玛站在洞口一动不动，她说道："跟我下去吧，这里便是通往地下金字塔第二层的入口。"

手电筒的光线从洞口照射进去，布鲁克发现洞口距离

下一层的地面至少有十米深。洞口与下一层的地面由直上直下的梯子连接。希玛带头沿着梯子爬下去。布鲁克紧随其后,他用嘴叼着手电筒,而那只没有受伤的手抓着梯子。

下到地面,布鲁克迫不及待地用手电筒向四周照射而去。第二层的面积比第一层小了不少,看来正如希玛所说,地下金字塔呈倒着的"金"字状。第二层除了面积比第一层小,里面的布局也大不相同。第一层除了起到支撑作用的石柱和横梁,里面空空荡荡的。第二层则多了一些横七竖八的管道。

这些管道是由金属制造而成的,这在四五千年前绝对是不可想象的事情。仅仅根据这一点,蓝狼军团足可以断定地下金字塔绝非当时的人类所建造。看来希玛真的没有说谎,在几千年前外星人光顾地球,并在这里建造了基地。

"这一层不会有什么怪物吧?"雷特被上一层的壁画幽灵吓坏了,异常紧张地观察着四周。

希玛并没有直接回答雷特的问题,而是说:"只要你们别乱动,就不会有危险。"

枪握在手中，始终保持着可以随时击发的状态，每个人的眼睛都警觉地转动着。希玛走向角落里最粗的一根管道，蓝狼军团紧紧地跟在她的身后，不敢离开半步。

这根管道的直径有两米，呈水平状态横在半空中。希玛指着管道上一个圆形的铁盖子说："把管道上的盖子拧开。"

"雷特，你快去把盖子拧开。"布鲁克说。

"怎么又是我？"雷特的意见更大了。

布鲁克并没有像上次那样来硬的，而是解释道："你看，那盖子已经几千年没有人动过了。除了你，还有谁能把它拧开？"

这话雷特爱听，自从瞎了一只眼后，他在蓝狼军团中的地位大不如前了。今天，他的作用再次得到了体现，正好可以借机重振雄威。想到这里，雷特抓住铁盖子的把手，用力去拧。

"啊——"雷特大叫一声，使出浑身的力气，可铁盖子还是没有丝毫反应。

"我来帮你。"泰勒也伸出了手。

两个人一起用力，手都磨掉了一层皮，但却丝毫没

有撼动已经锈蚀的铁盖。

看着泰勒和雷特脸红脖子粗地使着蛮力,艾丽丝突然说:"你们是不是搞错方向了?"

雷特和泰勒停下来,看了看铁盖,心想不可能错呀!顺时针方向是拧紧,逆时针方向是拧开,这是约定俗成的规定。

"别忘了,这是外星人建造的地下金字塔。金字塔是倒着的,其他东西很可能也是倒着的。咱们需要逆向思维。"艾丽丝说。

泰勒和雷特觉得有道理,他们抓住铁盖的把手改为向顺时针方向用力。果然,在他们两个协同用力之下,铁盖开始转动起来。

铁盖很快便被泰勒和雷特拧下来。此时,在粗粗的管道上出现了一个圆洞。雷特还没来得及把铁盖扔在地上,便感觉到有一双手抓住了自己。那双手是从管道里伸出来的。雷特根本没有来得及反抗,便被这双有力的大手一把拽进了管道里。泰勒的反应很快,他迅速抓住雷特的两只脚。结果,他也被拖了进去。

第二十四章

收缩的管道

雷特被拖进管道,那双大手死死地掐住他的脖子。雷特试图掰开那双大手。可是,在那双大手面前,他的力量显得是那么微不足道。管道里黑得吓人,雷特只能看到一双冒着绿光的眼睛在愤怒地盯着自己。这是什么怪物?雷特被吓得已经魂不附体了。他的喉咙被掐得咔咔作响,感觉喉管下一刻就要被掐断。他已经无力反抗,只能拼尽浑身的力气去吸一口能够让自己维持生命的空气。

泰勒拽着雷特的腿,想把他从那双大手中夺回来。可是,他不仅没有把雷特拽回来,自己反而被拖着在管道里向前滑行了十几米。他已经感觉到雷特的腿在抽搐了,照此下去,用不了多久,雷特就会窒息而亡。

站在管道外面的蓝狼军团手足无措,没有一个人敢钻进管道去救雷特和泰勒。

"你快想办法救救他们。"布鲁克只好向希玛求助。

希玛皱着眉头:"没想到经过几千年,管道幽灵依旧活着。咒语对它们没有用,只有一个办法可以对付它们。"

"什么办法?"艾丽丝问。

"光!管道幽灵最怕光了。"希玛说,"但是,普通的光对它们构不成伤害,它们怕的是强光。"

说到强光,蓝狼军团立刻想到了闪光雷。艾丽丝朝管道里大喊:"泰勒快用闪光雷。"

听到艾丽丝的喊声,泰勒从腰间摘下来一枚闪光雷,朝着那双冒着绿光的眼睛扔过去。闪光雷瞬间闪起刺眼的强光,漆黑的管道里顿时变得亮如白昼。就在强光闪起的瞬间,雷特感觉到掐住自己脖子的那双大手消失了。他贪婪地吸着空气,疲软的身体慢慢有了力气。

"咱们快进入管道。"希玛说。

艾丽丝站着不动:"你没搞错吧?明明知道管道里有幽灵,还让我们进去?"

"这条管道是通往地下金字塔下一层的唯一通道,你

们不进去就别想拿到能量块。"希玛率先钻了进去。

蓝狼军团别无选择,只好跟在希玛身后钻进去。雷特在最前面,刚才他差点被掐死,此时已经不敢往前爬了。

"不用害怕,管道幽灵最怕强光。"希玛喊道,"你们的闪光雷可以让它们瞬间消失。"

希玛还记得这些管道幽灵。在几千年前,地下金字塔被建好以后,这条管道成了连接上下层的唯一通道。为了防止有人从管道里爬过去,这些幽灵便被关在管道里。幽灵是外星生物和地球生物的集合体,由于一直被放在黑暗的环境中培养,所以它们生来怕光。管道里始终是黑暗的,所以幽灵安心地在这里生活,不肯踏出管道半步。

雷特在管道中爬行着,他不知道管道有多长,每时每刻都在担心幽灵再次跑出来。刚才那枚闪光雷发光之后,管道里又变得伸手不见五指了。雷特还没爬出多远,便看到有一双冒着绿光的眼睛在前方盯着自己。

"幽灵,管道幽灵!"雷特紧张地说。

"不要怕,幽灵也怕你。"希玛说,"你越强,它就越弱,尽管朝着它爬过去。"

雷特壮着胆子继续朝那双冒着绿光的眼睛爬去。果然，他向前靠近一段，那双眼睛就向后退缩一段。雷特的胆子变得大起来，他加快了爬行的速度。突然，他感觉到后背被什么东西狠狠地踩了一脚。不仅仅是雷特，其他人也有相同的感觉。看来，他们低估了管道幽灵。

"快扔闪光雷呀！"雷特痛苦地喊着。

泰勒是想扔闪光雷，可是他的手被什么东西死死地按着，根本无法将腰间那枚闪光雷摘下来。希玛的眼睛冒出了和管道幽灵一样的绿光，她张嘴朝按着泰勒的那只手咬去。

别看希玛又干又瘦，但是她的牙齿却异常尖利。那只手被她咬到之后，瞬间便缩了回去。泰勒赶紧将闪光雷摘下，朝前面扔出去。管道里闪起了强光，蓝狼军团赶紧闭上眼睛。

当他们睁开眼睛的时候，管道里又恢复了黑暗，但冒着绿光的眼睛已经不见了。希玛知道管道幽灵并没有消失，它们就像蝙蝠一样倒挂在管道的某个地方，悄悄地窥视着他们。

"快爬，越快越好！"希玛催促着。

谁也不想待在这令人压抑的狭小空间里,他们匍匐前进,像壁虎一样快速爬行。

"你们有没有感觉到,管道好像在收缩,变得越来越细了。"凯瑟琳突然说。

在漆黑的环境中,蓝狼军团无法看到管道的变化,但实际上自从他们钻入管道的那一刻起,它便开始变化了。管道在慢慢地收缩,变得越来越细,如果蓝狼军团不能及时爬出去,他们就会被卡在里面,甚至被压成肉酱。凯瑟琳最先感觉到了管道的变化,她这一嗓子令大家更加紧张起来。

希玛催促道:"快爬,不然咱们都会死在里面。"

"你早就知道管道会收缩,对不对?"雷特一边没命地爬,一边质问希玛。

希玛当然知道管道会收缩,她担心将这个秘密告诉蓝狼军团后,他们会畏缩不前。现在蓝狼军团只有加速前进,才能逃出不断收缩的管道。管道收缩的速度在加快,美佳感觉到了前所未有的压迫感。刚刚爬进来的时候,她可以在管道里自由地爬行,而现在管道的内壁已

经挤压到了她的肩膀。

美佳在蓝狼军团中是比较苗条的一位,雷特的状况就更糟糕了。他的身体快要被卡住了,要使劲扭动着身体,才能勉强前进。雷特向前望去,眼前一片漆黑,管道的出口还不知道在哪里。

管道已经收缩到和人的身体差不多一般粗细了。死亡的气息越来越浓,极度的恐惧感席卷而来。雷特不甘心死在这里,仍在竭尽全力地向前挤着。

"嘭!"雷特的脑袋突然撞到了前面的什么东西。"前面堵住了,咱们已经无路可逃。"雷特几乎是哭着喊出来的。

"怎么办?难道咱们真的要死在里面吗?"艾丽丝从来没有像今天这样脆弱过。

世界上没有人不害怕死亡,只不过有些人能够掩饰内心的恐惧而已。蓝狼军团虽然受过残酷的训练,但同样畏惧死亡,尤其是像现在这样,一点点地被逼迫着,接受即将死亡的现实。

第二十五章

巨型章鱼

与蓝狼军团不同,希玛不但没有恐惧,反而高兴起来。她大喊道:"那里就是出口了,快把挡在出口的盖子拧开。"

听到希玛的喊声,雷特急忙伸手去摸,果然摸到了一个把手。他吸取了上次的教训,双手用力向顺时针方向旋转。果然,挡在雷特前面的东西被拧动了。他迫不及待地加快速度,很快就把挡在前面的盖子拧开了。

一股潮湿的空气扑面而来,雷特闻到了生的气息,他使出浑身的力气向前钻去。当头从管道里钻出来的时候,雷特激动得差点放声大哭。管道外同样是一片漆黑,雷特什么也看不到。他不管外面是什么样子,只要能活着钻出去,那就是幸福。

雷特继续向前钻,当他的身体有一半钻出管道的时

候,便不受控制地一头栽了下去。

"扑通!"

在雷特的身后,泰勒听到类似落水时发出的声音。他没有时间多想,因为只要再迟疑一点点,自己就会被卡在管道里。他拼尽全力钻出管道,然后同样一头栽了下去。

紧随其后,希玛、艾丽丝、凯瑟琳、美佳、布鲁克,一个接一个地钻出管道,然后又一个接一个地掉下去。

最先掉下来的雷特,从水面下钻出来。他兴奋地在水里游了几圈,大喊道:"我没死!我没死——"

其他人也浮出了水面,除了庆幸自己在最后关头钻出管道之外,同时也庆幸自己竟然掉进了水潭中。试想一下,如果他们大头朝下摔到了石头铺成的地面上,想必此时已经是头破血流了。

"咱们已经进入地下金字塔的第三层。"希玛说。

布鲁克游到希玛的身边:"能量块在第几层?"

希玛答道:"第四层,也就是金字塔的最后一层。"

"那还愣着干什么?成功就在眼前了。"泰勒兴奋地说。

"通往最后一层的入口就在水潭里。"希玛说,"所以咱们必须先找到入口。"

希玛的话音刚落,泰勒便一头扎到水下,寻找最后一层的入口去了。水很清澈,泰勒打开潜水灯。这是一种非常小巧的水下照明工具,只有一根拇指那么粗,装上两节五号电池即可使用。

水潭的底部和四壁都是用石头砌成的,每一块石头看上去都一模一样,根本看不出来入口在什么地方。泰勒用力地推着每一块石头,希望能够有所收获。虽然他的水性很好,但是也不能在水下憋太长时间。几乎每隔一分钟,他就要浮上水面来换一口气。

泰勒浮上水面,并没有看到其他人,可见其他人也潜到水下去寻找通往最后一层的入口了。泰勒深深地吸了一口气,刚要再次沉下去,这时他的身边突然冒出来一个人。

艾丽丝甩了甩头上的水,问:"有收获吗?"

泰勒摇摇头:"每块石头都是一样的,这样找下去太浪费时间了。"他还要跟艾丽丝说些什么,可是突然感觉到自己的双脚被猛地向下一拉,身体随之沉入了水下。

艾丽丝还以为泰勒又潜到水下去寻找入口了,所以也没有在意。泰勒的双脚像是被绳子缠住了,根本无法伸开。他惊慌失措,朝脚踝的方向看去。泰勒看到自己的脚,竟然被一条巨型章鱼缠住了。他急忙从腰间抽出匕首,转身朝章鱼砍去。

章鱼被刺痛,泰勒的双脚得以释放出来。泰勒可不想跟这条巨型章鱼较量,他用力蹬水,身体向前游出几米远。

巨型章鱼的身体先是收缩了一下,然后像火箭喷发一样,身体向前弹射而出,瞬间就追上了泰勒。泰勒憋得快要窒息了,头部露出水面,深深地吸了一口气。

这口气还没有完全咽下去,泰勒就感觉到自己的双脚又被缠住了。这次,巨型章鱼用的力量更大,一下子就把他拽入水下,而且拖着他的身体在水下游动。

泰勒挥舞着匕首想去斩断章鱼的触须，但章鱼先发制人，几根粗粗的触须缠住了泰勒的手腕，然后用力收缩。泰勒的手腕生疼，匕首从手中脱落。巨型章鱼的攻击才刚刚开始，它的触须在水中灵活飞舞，缠住了泰勒的脖子。泰勒的一只手死死地抓住章鱼的触须，想把它从脖子上拽走。可是，章鱼的触须就像蟒蛇的身体一样有力，越收越紧，眼看就要把泰勒的脖子勒断了。

一把匕首向章鱼的背后刺来，在章鱼的身上划出一道深深的刀痕。巨型章鱼的身体一缩，触须从泰勒的身上脱离开来。泰勒先是浮出水面吸了一口气，然后再次潜入水中捡起落在水潭底部的匕首。

此时，巨型章鱼正挥舞着触须攻击艾丽丝。刚才那一刀便是艾丽丝刺的。泰勒从章鱼的背后偷袭，挥刀斩断了章鱼的一根触须。章鱼的触须在斩断后并没有丧失生命力，而是在水里游动着，寻找自己的母体。

泰勒看到被斩断的触须又自动连接到章鱼的身上。巨型章鱼的战斗力丝毫没有减弱，它挥舞着触须同时攻

击泰勒和艾丽丝。他们两个的腰被章鱼的触须缠住。两个人挥起匕首去割巨型章鱼的触须,但是割断的触须总是能游回到章鱼身边,自动复位。

水面下的打斗在水面上掀起波澜,其他人知道水面下一定发生了什么,于是,都潜到水下去一看究竟。当看到泰勒和艾丽丝被巨型章鱼缠住的时候,每个人都大吃一惊。他们从来没有看到过这么大的章鱼,而且是一条有着好几个头的章鱼。

没有人想到这次沙漠之行会发生水下战斗,所以他们并没有准备水下手枪。面对凶猛的巨型章鱼,他们只能挥着匕首和它短兵相接。

蓝狼军团将巨型章鱼围住,挥舞匕首发起围攻。章鱼的触须四面出击,就像武侠小说中的一种武器——神鞭。很快,蓝狼军团便被章鱼的"神鞭"抽得遍体鳞伤了。

巨型章鱼用触须将蓝狼军团缠住,然后用力勒紧,令他们无法浮上水面换气。照此下去,用不了几分钟他们便会溺水而亡。

凯瑟琳将匕首刺进章鱼如手腕粗的触须中,然后旋转切割。章鱼的触须被割断,就像一条水蛇扭动着,向自己的身体游去。凯瑟琳一把抓住章鱼的触须,迅速向水面浮起。章鱼的触须用力扭动,试图从凯瑟琳的手中挣脱。凯瑟琳游到水潭的边缘,将触须扔到了岸上。

落到岸上的触须跳动了几下,便躺在地上不动了。看来,章鱼的触须不能离开水,这让凯瑟琳看到了胜利的希望。她再次潜入水中,向其他人比画着,示意他们将割断的触须扔到岸上去。

章鱼的触须被蓝狼军团割断,然后被一条条扔上了岸。失去了触须的章鱼就变成了没有刀的武士,只有招架之功,没有还手之力了。蓝狼军团将巨型章鱼团团围住,左一刀,右一刀,将其毙命。

与巨型章鱼搏斗后的蓝狼军团精疲力竭,仰面朝天地浮在水面上。布鲁克喘着粗气说:"巨型章鱼是死了,可谁知道后面还有没有更厉害的怪物。"

"咱们还是别去拿能量块了。"雷特打退堂鼓了,"能

不能活着到达最后一层都不好说,即使能拿到能量块,咱们也不一定能活着出去。"

"不许扰乱军心,否则我毙了你。"布鲁克用枪指着雷特。

雷特瞪着布鲁克:"你少吓唬我!这么多怪物都没吓到我,我还会怕你不成?"

"前面的关卡都闯过来了,咱们绝不能在最后一道关卡放弃。"凯瑟琳说,"失败者之所以失败,往往就是因为他们在距离成功一步之遥的地方转身离开了。"

"咦,希玛呢?"艾丽丝突然问。

此时,大家才发现希玛并不在水面上。回想起刚才在水下的战斗,他们似乎也没有见到希玛的影子。希玛去哪里了?她会不会已经被章鱼吃掉了?或者她抛下他们自己跑了?

第二十六章 拿到能量块

正在大家疑惑之际,水面上突然冒出一张苍老的脸。艾丽丝被吓得差点尖叫起来。

"希玛!"当大家看清冒出水面的人后,不由得叫出声来。

"快跟我来!我已经找到通往最后一层的入口了。"希玛说。

原来在蓝狼军团和巨型章鱼打斗期间,希玛一直在水下寻找通往最后一层的入口。希玛有一种特殊的本事,那就是可以长时间在水下憋气。她从没有经过特殊的训练,这种本事是与生俱来的。这也说明希玛与众不同,也许她真的不属于这个星球。

蓝狼军团随着希玛潜入水下,在水潭的底部看到了一块被移开的石头。在石头旁边是一个方形的洞口,这

便是通往最后一层的通道。这次没有人敢冒失地钻进去了，他们都害怕通道里会隐藏着什么怪物。

希玛率先钻进去，顺着通道向前游。布鲁克壮了壮胆子，跟在希玛的身后。通道里足可以伸展四肢，布鲁克感觉到身体在承受着越来越大的水压。他紧跟在希玛的身后奋力向前游动，希望可以尽快从通道里游出去。

出乎意料，没有遇到任何怪物，布鲁克顺利地从通道里钻了出来。当布鲁克游出水面的时候，发现自己仍然在一个水潭里。看来这条通道连接着地下金字塔上下两层的水潭。

希玛回头对布鲁克说："快爬到岸上去。"

两个人游向水潭的边缘。布鲁克先爬上岸，然后将希玛拉了上去。站起身，布鲁克迫不及待地观察金字塔的最后一层。如果真的像希玛所说，神秘的能量块无疑就在这里了。

潜水手电筒依然可以发出明亮的光，布鲁克照射着这一层。他发现最后一层的面积变得很小了，也就是百

余平方米。可见,地下金字塔果然呈一个倒着的"金"字。手电筒的光线在地下金字塔的最后一层中移动,百余平方米的空间内,布鲁克并没有看到什么特别的东西。

"能量块到底放在什么地方?"布鲁克问。

希玛只记得能量块放在最后一层,具体放在哪里,在她的记忆中已经消失了。但是,希玛感觉到了强大的磁场,似乎有一种能量在吸着她不由自主地向前走。

借助手电筒的光线,布鲁克看到希玛直愣愣地向前走,就像身体被什么东西控制了一样。其他人陆续从水潭中爬上来,他们静静地看着希玛向前走,却没有一个人跟上去。

自从进入地下金字塔之后,在每一层他们都会遇到差点令他们丧命的怪物。如今,已经是最后一层了,他们想这里肯定也会危险重重。俗话说:枪打出头鸟。这几个狡猾的家伙可不想成为第一个遭到攻击的人。手电筒的光线随着希玛,就像舞台上的聚光灯随着演员移动那样。希玛走到角落里,注视着地上一个长方形的石棺。突然,她转过头看着蓝狼军团。艾丽丝似乎看到希玛的

眼中闪烁着一种透明的液体。

"过来，我需要你们帮我把石棺的盖子打开。"希玛说。

蓝狼军团互相对视，然后手持着枪，一起向希玛走去。他们警觉地观察着周围，生怕从哪里突然窜出一个怪物。

担心是多余的，他们平安无事地走到了石棺前。

"快把石棺的盖子打开。"希玛用命令的口吻说，"能量块就在这里面。"

"雷特，你来！"布鲁克命令道。

雷特向后退了一步："我不，谁知道盖子打开后，里面会冒出什么东西来。"雷特被吓怕了。他还记得在拧开管道的盖子后，一双大手将他拉进去的场景。

"咱们两个一起来。"泰勒主动上前，站到石棺的一侧。他看着雷特说："别让女生把你看扁了。"

"她们早就把我看扁了，再看扁一次又何妨？"雷特仍然站着不动。

凯瑟琳按捺不住，上前一步，站到泰勒的对面。"我来！"她双手扣住石棺盖子的底部，开始向上用力。泰

勒和凯瑟琳一起发力，将足足有几百斤的石棺抬了起来。

石棺的盖子被打开之后，一股瘴气顿时冒了出来。蓝狼军团立刻掏出防毒面具套在头上。艾丽丝上前一步，将一个防毒面具罩在希玛的头上。

黑色的气体散去之后，蓝狼军团谨慎地靠近石棺。当手电筒的光线照射进石棺后，所有人都惊呆了。在石棺内躺着一个人，虽然他的皮肤已经没有了血色，但是却保持着弹性，就像刚刚死去一样。

几千年前死去的人，竟然能如此完好地保存至今，简直是一个奇迹。从死者的穿着和石棺里陪葬的珍奇异宝来看，他应该是古埃及的一位法老。

如果棺材内是一堆白骨，或者是一具干尸，蓝狼军团不会害怕。面对已经死了几千年却完好如初的尸体，他们反而心生畏惧了。

希玛看透了蓝狼军团的心思。她解释道："这具尸体之所以保存千年不变，就是因为他的体内存放着能量块。在强大的磁场作用下，他的细胞可以保持活性，尸体因

而不会腐烂或干枯。"

"能量块真的就在他身上？"布鲁克问。

希玛点点头："我敢保证！"

为了能尽快拿到能量块，布鲁克一咬牙，向前走了一步。他看着石棺里的尸体，小声地说："对不起，我要把你身上的能量块拿走。"

说完，布鲁克弯下腰，将手伸进石棺里。他的手慢慢靠近尸体，准备从上到下搜身。就在布鲁克的手刚要碰到尸体的前胸时，尸体突然睁开了眼睛。布鲁克的影像映射在他的眼球上，整个人好像瞬间被吸了进去。

"啊！"

布鲁克一声惊叫，吓得赶紧往回缩手。可是，石棺里的尸体比他的动作快，已经一把抓住布鲁克的手。

死去千年的古埃及法老复活了，在场的人被吓得魂不附体。布鲁克用力向后拽自己的手，结果却把复活的法老从石棺里拽了出来。

"快救我呀！"布鲁克的声音颤抖着。

"砰砰砰——"

其他人反应过来,接连朝复活的法老开枪。子弹射中法老的身体,打出一个个洞,但是并没有血液流出。中枪后的法老并没有倒下,他的嘴巴始终紧紧地闭着,不发出任何声音。

子弹对复活的法老构不成任何伤害。他虽然复活了,但是五脏六腑却与真正活着的人不同。他不过是被骨架所支撑起来的肉体,血管中没有一滴血。

泰勒绕到法老的身后,拦腰将其抱住,并大喊道:"大家快上!"

其他人见状蜂拥而上,艾丽丝抓住法老的一只胳臂;美佳抓住另一只胳膊,并将布鲁克的胳膊从法老的手中解救出来;凯瑟琳和雷特分别抱住法老的一条腿。大家一起用力,将法老摔倒在地。

"快搜他的身上,看能量块在哪儿。"希玛喊道。

布鲁克开始从上到下寻找,他将法老的身体摸了个遍,也没有发现能量块。法老被众人按在地上,但他并

不屈服，而是用力地扭动着身体，想把众人甩开。

蓝狼军团使出浑身的力气按住法老。只见，法老脑门上的青筋暴起，眼珠向外突起。随着他一声大喊，蓝狼军团的身体像子弹一样被射出，然后狠狠地撞到了石壁上，又重重地摔到地上。仅仅这一击，便令他们丢掉了半条命。艾丽丝口吐鲜血，想强撑着站起来，可是还没有将上体撑起一厘米，便再次趴在了地上。

"我看到能量块了！我看到了！"希玛突然发疯般地大喊起来，"能量块就在他的嘴里。"

复活的法老像机器人一样，转身面向希玛。他一步步地向希玛逼近，伸直的手臂指向希玛的咽喉。希玛吓得连连倒退，仿佛自己的咽喉已经被法老的双手掐住，憋得她喘不过气来。

希玛已经退到水潭的边缘，而法老还在继续向她逼近。眼看着法老的手臂就要碰到自己了，希玛吓得惊声尖叫。这时，一个人悄悄走到法老的背后，一把锁住了法老的脖子。

"快掰开他的嘴。"雷特大喊。

没想到雷特突然变得如此勇敢，竟然从背后对复活的法老发起了袭击。希玛颤抖着靠近法老，伸出干枯如柴的手去掰法老的嘴。法老的鼻孔中发出一股股怒气，两只手抓住雷特的胳膊用力向前一拉。雷特的身体从法老的头上飞了过去，扑通一声落在水潭中。

泰勒又扑了过来，死死地抱住法老。其他几个人也忍着疼痛冲上来。他们再次将法老抓住，但法老就是不张嘴。雷特从水中爬上来，和希玛一起用力掰法老的嘴。

希玛看到含在法老口中的能量块，她如柴草般的手指从掰开的缝隙中伸进法老的嘴里。雷特大叫一声，使出浑身力气将法老的嘴掰开。希玛的手拿到能量块，快速地缩了回来。

被拿出能量块后，法老的身体瞬间瘫软下来。刚才还浑身蛮力的法老，此时却像一个泄气的橡皮人，倒在地上一动不动了。蓝狼军团松开法老，还没有站起身来，便闻到了一股恶臭。短短几秒钟的时间，复活的法老又变成了尸体，而且尸身在迅速腐烂。

"能量块，我终于拿到能量块了！"希玛看着手中的

能量块，不停地重复着这句话。

"这就是能量块？"看着希玛手中的东西，布鲁克怀疑地问。

希玛手中的东西太不起眼了。它只有一个鸡蛋那么大，呈黑褐色，看不出是什么质地。如果不是希玛带着他们来到这里，即使看到这个东西，他们也不会想到它就是能量块。

"现在它归我保管了。"布鲁克将能量块从希玛的手中夺下。看着到手的能量块，布鲁克欣喜若狂。有了能量块，蓝狼军团就可以制造出超级武器，称霸世界了。

希玛看着布鲁克问："别忘了你们对我说过的誓言。你们要帮我离开地球。"

"哈哈哈——"

布鲁克仰天大笑："你这个死心眼的老太婆，连我们说的话都信，是不是脑细胞都死光了。"

"你……你们竟然骗我！"希玛愤怒地指着布鲁克，胸口一阵剧痛。

雷特将枪口对准了希玛："老太婆，别着急，我马上就送你离开地球。"雷特说着就要扣动扳机。

第二十七章

黄雀在后

希玛没有想到蓝狼军团会出尔反尔,她并不害怕死亡,因为死亡对她来说是一种解脱。面对雷特的枪口,希玛不但没有退缩,反而上前一步。

"你杀了我吧!不过,你们别以为拿到了能量块,就可以制造出超级武器,不是谁都可以将能量块中的能量提取出来的。"希玛说。

"老太婆,你别耍花样了。"雷特狞笑着,"你这样说还不是为了让我不杀你。我偏不上当!"雷特的手指开始向后扣动扳机。

"砰!"

"啊——"

希玛没有死,雷特的手枪却掉在了地上。雷特的手腕被子弹击中,鲜血正顺着手指滴淌而下。

"不许动,快把能量块放下。"红狮军团突然出现。

蓝狼军团大惊失色。

布鲁克问:"你们是怎么找到这里来的?"

亨特嚼着口香糖,一只手端着手枪,刚才那一枪便是他打的。"你们能找到这里,难道我们就不能吗?"

"我们还要感谢你们呢!"詹姆斯得意地说,"多谢你们打通了地下金字塔的通道,我们没费吹灰之力就来到了最后一层。"

这真是前人栽树后人乘凉,蓝狼军团卖老命打通了关卡,没想到却给红狮军团开了一路绿灯。现在,蓝狼军团已经是伤痕累累、精疲力竭,而红狮军团却是精力充沛、斗志旺盛。如果此时双方展开激战,胜负已经不战而明。

希玛没想到自己会被从枪口救下,她看着站在对面的红狮军团,不知道这些人是何来历。在红狮军团的身边站着一位老者,希玛看到他有一种莫名的亲切感。这位老者就是史瑞夫,他也在看着希玛,同样有一种似曾相识的感觉。

史瑞夫将手电筒的光线朝希玛照去，想看得更清楚一些。希玛下意识地抬起手臂挡住自己的脸。

突然，史瑞夫惊声喊道："妹妹！"

希玛愣住了，她在想对面的人是在叫自己吗？

"妹妹！"史瑞夫激动地又喊了一声。

史瑞夫敢肯定对面的老太婆就是自己的妹妹。史瑞夫清晰地记得，妹妹的右手掌心有一颗硬币大小的红痣。希玛抬起手臂遮挡手电筒的光线，手心正好朝向史瑞夫，因此他恰好看到希玛手心有这样一颗红痣。

"哥哥？是你吗？"希玛的脑海中闪现出一位少年的形象，那是她的哥哥史瑞夫。希玛和史瑞夫光着脚在沙漠中奔跑，然后躺在沙丘上打滚儿、傻笑……

"是我，妹妹！"史瑞夫激动地向前迈了一步。他没想到会在这里遇到自己的妹妹。

在史瑞夫的脑海中，几千年前的记忆就从来没有消失过。他还记得父亲带着自己和妹妹在大约四千五百年前驾驶飞船来到地球。当时，古埃及在法老的统治下，还处在

荒蛮的状态，而史瑞夫所在的外星球已经科技高度发达。

史瑞夫的父亲和一批外星球的先驱者来到地球，与古埃及的法老达成协议。外星人帮助法老统治奴隶，拓展疆土。法老帮助外星人建造基地，为外星人移民做好准备。

后来，由于宇宙平衡发生变化，外星球遭到不明天体撞击，发生了一次毁灭性的灾难。这次灾难后，史瑞夫原来所在的星球重新回到原始状态，而来到地球的先驱者也无法再返回。

逐渐强大起来的古埃及统治者见外星人失去了利用价值，便将他们全部屠杀。史瑞夫和妹妹希玛也没有躲过这场大屠杀。也不知道过了多少年，史瑞夫出生在开罗的一个普通家庭。从诞生那天起，他就记得自己叫史瑞夫，知道自己有个妹妹叫希玛。

后来，史瑞夫发现自己身上有一些无法解释的神奇魔力。他知道金字塔是外星人建造的，而要解开自己身上的谜也要从金字塔入手。于是，他开始研究金字塔，保护金字塔。另外，他还在苦苦寻找自己的

妹妹。

今天,兄妹二人在地下金字塔重逢。希玛的眼泪控制不住地流下来,已经年过古稀的老太婆却像个孩子一样,哭泣着喊了一声:"哥哥!"

泰勒一把抓住正要冲向史瑞夫的希玛,将枪口顶在她的脑袋上。"哼哼,真没想到你们兄妹竟然在这里重逢了。"他朝红狮军团吼道:"你们快闪开,不然我一枪要了她的命。"

红狮军团慢慢向两侧散开,留出一条通道。蓝狼军团以希玛为人质,谨慎地向水潭边靠近。

看着快要走到水潭边的蓝狼军团,亚历山大忍不住了。他向后拉动枪栓,将子弹推进枪膛。

"你小子可别乱来,我的子弹可不是吃素的。"泰勒把希玛挡在身前,倒退着向后走。

"别以为我不敢开枪。"亚历山大吼道。

史瑞夫上前一步,抓住亚历山大的枪。"别开枪,千万别开枪!"他等了几千年才见到自己的妹妹,不想任何人伤害她。

"别管我,你们开枪吧!"希玛已经平静下来,"是我把这些坏人带到这里来的,我罪有应得。"

亨特小声地对大家说:"没有我的命令,谁也不许开枪!别忘了,咱们还有阿兰呢!"

此时,阿兰并没有和红狮军团在一起。亨特将夺回能量块的希望寄托在阿兰身上。

蓝狼军团跳下水潭,凯瑟琳在落水之前向红狮军团一阵猛烈地扫射,红狮军团赶紧卧倒躲避子弹。当他们站起来的时候,蓝狼军团已经在水面上消失了。

"快追!"亨特大喊一声,跳进了水潭之中。

"扑通!扑通!"

其他人也跟着跳下去。他们潜入水下,钻进通道,奋力向前游着。当他们游出通道,进入上一层的水潭时,发现蓝狼军团已经爬出水潭,正在向前跑。

亨特向上一跃,手扒住水潭的边缘刚要爬上去,突然感觉到整个水潭剧烈地晃动起来。他又掉进了水潭里。水潭虽然不大,但此时却掀起了波澜。水潭就像一个大

脸盆，而被困在水中的红狮军团则像被放进脸盆里的几条小鱼。脸盆被人来回地晃动着，里面的小鱼自然只能随波而动了。

亚历山大和詹姆斯被晃得撞到一起。亚历山大问："这是怎么回事？"

"一定是水里有什么怪物。"詹姆斯说。

"不可能！"亚历山大说，"你没看到整个金字塔都在晃吗？"

詹姆斯恍然大悟，惊恐地喊道："地震，一定是地震了。"

"这不是地震。"史瑞夫说，"地下金字塔就要倒塌了。"

地下金字塔如果倒塌，还没有来得及跑出去的人肯定会被砸死在里面。红狮军团使出浑身解数游到水潭边。秦天身手矫健，第一个爬了上去。

"快把手给我！"秦天朝还在挣扎的劳拉伸出手。

劳拉抓住秦天的手，在秦天的帮助下爬上岸。在互相帮助下，红狮军团和史瑞夫终于爬了上来。

第二十八章 夺回能量块

"咱们一定要把能量块尽快抢回来。"史瑞夫说,"不然金字塔会彻底崩塌,而且整个地球都会发生不可想象的灾难。"

史瑞夫一边说,一边向前跑。整个金字塔都在剧烈地晃动,他们无法站稳,好几次差点跌倒。通往上一层的管道已经被蓝狼军团打开了盖子,此时他们正在管道中向前爬行。

红狮军团也钻了进去。"你刚才的话是什么意思?"秦天一边爬,一边问前面的史瑞夫。

史瑞夫解释道:"能量块具有超强的能量,所以必定产生强大的磁场。当初,能量块被放到这里的时候,整个地球的磁场都受到了影响。地球要重新调整磁场的平衡,于是就发生了四千五百年前的那场全球性大地震。"

听到此处,秦天已经明白了。今天,能量块被从这里拿走,地球的磁场平衡再次受到了影响。所以,地球要再次调整磁场平衡,一场全球性的地震很可能在四千五百年后第二次爆发。

"咱们一定要把能量块放回原处,不然人类将面临一场大灾难。"秦天心急如焚。

地下金字塔晃动得更厉害了,红狮军团可以听到石块之间相互摩擦发出的刺耳声。随着一声巨响,一块巨石从头顶落下,砸在地上,瞬时碎成无数的小块。碎石飞溅而起,打到朱莉的后背,她疼得直咧嘴。

金字塔的结构在剧烈的晃动中开始发生变化。金字塔完全是用石块堆砌而成的,石块之间没有任何黏合剂和填充物,更没有钢筋。也就是说金字塔的稳固性完全是靠完美的力学结构实现的。在金字塔中没有一块石头是多余的,只要有一块石头脱落,整个金字塔的力学结构就会发生变化。

第一块石头落地之后,金字塔晃动得更加厉害了。

石头之间相互摩擦,磨出的石粉散落而下。红狮军团钻进管道,被晃得四处碰壁。

蓝狼军团在管道中爬行着,虽然没有看到外面正在掉落的石头,但是却感觉到了剧烈的晃动。

"这是怎么回事?"雷特惊慌地喊。

"管他是怎么回事。"泰勒推着希玛向前爬,"只要咱们把能量块拿出去就万事大吉了。"

爬在最前面的布鲁克已经推开管道的盖子,在黑暗的光线中,他的脸上露出得意的笑。只要从管道里爬出去,他就可以沿着台阶跑到金字塔的最上层了。

布鲁克将手伸出管道,手中紧紧地握着能量块。他的头还没钻出管道,便感觉到自己的手腕被人紧紧地抓住了。布鲁克想:难道红狮军团在这一层进行埋伏了吗?

布鲁克还没想明白到底是怎么回事,便感觉到有人在用力地掰开自己的手,想夺走能量块。布鲁克怎么会让到手的能量块被人抢走呢!他死死地攥住能量块不肯松开。

"啊——"

布鲁克发出一声惨叫，因为一把尖刀刺进了他的手腕。他再也坚持不住了，手指向外张开，能量块瞬间被人夺走。布鲁克挣扎着从管道里爬出来，看到一个背影正在向前跑去。他举起手枪，扣动扳机。前面的身影身手矫健，灵活躲闪，在各种障碍物间跳来跃去。

蓝狼军团的其他人随后从管道里爬出来。"快封锁出口。"布鲁克大喊道。蓝狼军团朝着出口的位置猛烈射击，企图阻止夺走能量块的人逃出去。

夺走能量块的人是阿兰，她在进入地下金字塔的第二层以后，并没有跟随红狮军团继续向下行进，而是留在这里以防不测。在不久前，阿兰接到了亨特的呼叫，说蓝狼军团已经拿到能量块，正在向外逃跑。于是，阿兰便在管道的出口处做好了准备。

通往最上面一层的出口被蓝狼军团的火力封锁，阿兰只好躲在纵横交错的管道后面，对蓝狼军团进行还击。此时，地下金字塔晃动得愈发厉害了，不断有石块从头

顶落下。无论是阿兰,还是蓝狼军团都无法站稳,他们要死死地抓住管道,身体才不会被甩得四处乱滚。

巨石下落的频率越来越快,就像在金字塔里下起一场石头雨。蓝狼军团和阿兰都已经无力攻击对方,只能顾着躲闪砸下来的石头。

被晃得晕头转向的红狮军团终于从管道里爬出来了。他们躲闪着如雨点般落下来的石头,同时胡乱地朝蓝狼军团开枪。

"咱们快逃命吧!"雷特大喊着,"再不跑石头就要把出口封死了。"

看着已经煮熟的鸭子从盘子里飞走,布鲁克有些不死心。"咱们就是死也要把能量块抢回来。"

詹姆斯已经冲到阿兰的身边,看着阿兰手中的能量块夸赞道:"还是你有先见之明。"

"少拍马屁,快想办法逃出去才是硬道理。"阿兰试图向出口处靠近。

"能量块不能被带出去。"史瑞夫跑过来,一把将阿

兰手中的能量块抢走了。接着,他朝对面的蓝狼军团大喊:"能量块不能被带走,否则不仅地下金字塔会瞬间崩塌,而且整个地球的磁场都会发生改变,世界将面临一场大灾难。如果你们还有一丝良知的话,就不要再抢能量块了,赶快逃命去吧!"

"你听到没有?"雷特大喊,"带走能量块咱们谁也活不了,还是赶紧在金字塔没有倒塌之前离开吧!"

"是呀!咱们快走吧!"其他人也劝说布鲁克。

正在犹豫之际,一块巨石砸在布鲁克的身边,差点就要了他的命。这块落在脚边的大石头令布鲁克下定了决心:"走!咱们出去。"

蓝狼军团不再抢夺能量块,朝出口处跑去。红狮军团无心拦阻蓝狼军团,因为他们也要尽快逃出地下金字塔,否则他们都会被埋葬于此。

第二十九章

一切都结束了

石块继续下落,地下金字塔随时有可能倒塌。

蓝狼军团从地下金字塔里逃出来,站在沙漠中喘着粗气。他们都不同程度地受了伤,即使逃出了地下金字塔,如果没有交通工具也很难走出大漠。

不仅地下金字塔在晃动,来到地面的蓝狼军团发现地表也在晃动。看来史瑞夫所说的是真的,能量块被拿走后地球的整个磁场都发生了变化。

"快跑!跑得越远越好。"雷特拧开水壶,喝干了最后一滴水。放眼望去,他不禁高兴得大叫起来:"你们看,那里有两辆车。"

其他人朝着雷特所指的方向望去,果然看到有两辆越野车停在不远处的沙丘旁。

"这一定是红狮军团开来的车。"布鲁克朝越野车跑

去,"咱们把车开走,让他们去死吧!"

蓝狼军团跑到越野车旁,分头上了这两辆车。发动没有钥匙的汽车,对他们来说是小菜一碟。汽车很快发出了轰鸣声,蓝狼军团驾驶越野车向大漠的边缘开去。滚滚的烟尘升起,两辆越野车很快便消失在一望无际的大漠中。

地下金字塔里,乱石如同流星下落,红狮军团已经有人被落下来的石头砸伤了。

秦天从阿兰手中夺过能量块,大喊道:"你们快出去,我把能量块放回原位。"

"那样太危险。"劳拉拦住秦天,"地下金字塔马上就要塌了。"

秦天一把推开劳拉:"正因为如此,所以大家才不能都死在里面。"

挣脱开劳拉的秦天快速向前跑去,在石头雨中穿行躲闪。

看着秦天的背影,亨特吼道:"出去,马上跟我一起

出去。"他不能看着队友们一起埋葬于此。

亨特带头向金字塔的出口跑去,其他人含着泪紧随其后。劳拉站着不肯动,被阿兰拽住硬向外拖。

"秦天!秦天!"劳拉哭泣地喊着。她知道如果自己从这里逃出去,可能今生都不会再见到秦天。

秦天正向前跑着,突然一只手伸过来,抢走了他手中的能量块。

"现在的状况都是我造成的,所以能量块应该由我放回去。"抢走能量块的人是希玛。

蓝狼军团逃跑时抛弃了希玛,而希玛也没有跟着红狮军团一起向外跑,而是趁大家不注意跑到了秦天的身后。

秦天本想抢回能量块,可是希玛竟然把能量块一口吞了下去。"你不要跟我争,现在只有我回去,才能平复这场灾难。"

"希玛,你——"秦天哽咽着说不出话来。

"快走吧!"希玛推了秦天一把,"再不走就来不及了。"

秦天回头看了希玛一眼,转头向外跑去。

这世界上的一切事情都是因果循环,凡是你所欠下的债,早晚都要还的。

布鲁克带领其他人从出口跑出来。此时,地表正在剧烈地晃动,如果按照地震的等级来计算,最起码有七级。他们歪歪斜斜地控制着自己的身体,还能听到地下金字塔中巨石滚落的声音。

"秦天,秦天——"劳拉还在挣扎着,想返回去。

阿兰死死地抱住劳拉:"你清醒点,一切都已经结束了。"

"不,没有结束,秦天不会死的。"劳拉哭喊着。

"轰轰——"

地下金字塔倒塌的声音传来,劳拉的心都碎了。她双腿跪在地上,捧起在阳光下闪着金光的沙子,放声痛哭。

突然,从地下金字塔的入口处探出了一个脑袋。紧接着,一个人踉踉跄跄地跑出来。

"秦天,是秦天!"阿兰惊喜地喊。

劳拉抬起头,看到果然是秦天奇迹般地出现了。她不顾一切地冲向秦天,一把将他抱住。秦天是个小个子,而劳拉则比他还高。秦天的头被劳拉搂在肩膀上,死死地按着。她的嘴里不停地重复着一句话:"你没死,你没死……"

"快放开秦天吧!"詹姆斯调侃道,"不然,他没被砸死在里面,却被你给勒死了。"

劳拉这才放开秦天,看着秦天满是鲜血的脸一阵傻笑。

剧烈晃动的地面恢复了平静。秦天知道肯定是希玛将能量块放回原处了。

此时此刻,希玛正躺在地下金字塔最后一层的石棺里。也许千万年之后,有人发现了她的尸体,不过她的尸体仍然完好如初,就像蓝狼军团发现石棺里的那个法老尸体时一样。

地下金字塔的入口已经被堵死,没有人知道它里面到底倒塌成了什么样子。

史瑞夫默默地流泪,这泪水是为他的妹妹希玛而流的。

突然,沙漠里刮起一阵龙卷风,黄沙被旋风卷起,形成望不到头的螺旋形沙堆。龙卷风朝红狮军团的方向急速而来,大家赶紧向远处跑开。龙卷风过后,沙漠的表面发生了变化。原来的沙丘有些被夷平了,而原来平坦的地方却形成了沙丘。地下金字塔的入口处就形成了一座十几米高的大沙丘。

"走吧!一切都结束了。"亨特说。

大家准备离开,却发现他们的越野车已经不见了。毫无疑问,车被蓝狼军团开走了。蓝狼军团不仅开走了他们的车,还带走了放在车上的给养。

仅凭每个人随身携带的一壶水,甚至是半壶水,红狮军团一行能走出大漠吗?

烈日当头,他们拖着疲惫的身躯在大漠中行走。一天,两天,三天……终于有一天,他们全部倒在了大漠之中。

当他们醒来的时候,发现自己躺在医院的病床上。

"队长,他们醒了。"一个穿着警服的人喊。

伊麦德队长推开病房的门走进来,他已经在这里等了一天一夜。他带着一队警员,一路追踪蓝狼军团。没想到蓝狼军团没追到,却发现了晕倒在大漠中的红狮军团,以及阿兰和史瑞夫。

在开罗,没有人不知道史瑞夫的大名,当然伊麦德队长也包括在内。

在了解了事情的来龙去脉之后,红狮军团获准离开了医院。新的任务还在等着他们,战士就该在枪林弹雨中驰骋。